IL DESIDERIO DEL DRAGO

I COMPAGNI DEL DRAGO MUTAFORMA

LIBRO TRE

EVA CHASE

Il desiderio del drago

Libro 3 della serie *I compagni del drago mutaforma*

Questo libro è un'opera di fantasia. Qualsiasi somiglianza con persone, viventi o defunte, o fatti reali è puramente casuale.

First Digital Edition, 2017

Traduzione italiana: Gina Uliveto

A cura di: Biba Sven

Design di copertina: Covers by Juan

ISBN ebook: 978-1-998752-29-4

ISBN edizione cartacea: 978-1-998752-33-1

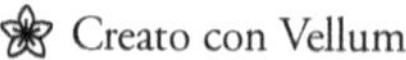 Creato con Vellum

1

Ren

Vi è mai capitato di vivere un momento così magico da non credere neanche che sia la vostra vita? Come addormentarsi accoccolati tra quattro alfa mutaforma, belli da morire, destinati a essere i tuoi compagni.

Fino a qualche settimana prima, non frequentavo nessuno ed ero appena riuscita a trovarmi un vero appartamento. Adesso ero avvolta da un amore protettivo – per non parlare della sensualità – nel letto più grande e morbido che avessi mai visto, in una tenuta così imponente da togliermi il fiato. Okay, forse negli ultimi giorni qualcuno aveva provato a uccidermi più volte, ma mentre scivolavo nel sonno sentivo che nel complesso ne ero uscita vincitrice.

Ma, ovviamente, i momenti magici non durano mai. C'è sempre qualcuno pronto a distruggerli. Quella volta?

Qualcuno ci aveva svegliato nel cuore della notte dicendo: "C'è stato un attacco alla tenuta dell'alfa orso."

West, che aveva aperto la porta, accese la luce del salone. Quando parlò, la sua voce era tesa. "Forse è meglio se entri."

Il resto di noi stava già saltando giù dal letto. Quella sera ero così esausta che non mi ero neanche disturbata a cambiarmi. L'abito che avevo indossato per la festa d'addio mi ricadeva addosso tutto sgualcito. Lisciai velocemente il tessuto morbido e mi strofinai gli occhi, affrettandomi verso l'ingresso.

Aaron, l'alfa della famiglia dei volatili e il proprietario della tenuta in cui ci trovavamo, mi precedeva a grandi passi. La luce illuminava i suoi capelli dorati nello stesso modo in cui il sole faceva risplendere le piume della sua maestosa aquila. Avevo sempre pensato a lui come il mio principe della Disney, ma in quel momento i suoi occhi azzurri erano taglienti e le mascelle squadrate serrate. Sembrava più un guerriero che un principe.

"Cos'è successo esattamente?" Chiese all'assistente che aveva riportato la notizia.

Nate, il mio enorme alfa orso, si avvicinò ad Aaron di un passo. La sua solita dolcezza era svanita, rimpiazzata da una tensione aggressiva che si irradiava da ogni singolo muscolo del suo corpo massiccio. "Ci sono feriti?" Domandò con voce roca. "Chi ha attaccato la mia gente?"

West era appoggiato al muro accanto alla porta, con le braccia incrociate sul petto asciutto e gli occhi verdi socchiusi. Marco, il giaguaro alfa della famiglia dei felini, si fermò al mio fianco e poggiò timidamente la mano sulla mia spalla. Negli ultimi giorni non eravamo stati esattamente in buoni rapporti – colpa sua, per aver sparlato con i suoi simili facendomi passare per una specie di premio per cui competere. Ma al momento avevamo chiaramente problemi più grossi.

L'assistente abbassò la testa, con le mani giunte sul grembo. "So solo che abbiamo ricevuto una chiamata urgente. Il personale della tenuta spera che l'alfa possa tornare il più presto possibile. Sembra che un gruppo di ribelli sia riuscito a introdursi nel loro territorio, tentando un attacco a sorpresa contro alcuni consiglieri e le loro mogli."

Un ringhio rimbombò nel petto di Nate. "Ci vado subito."

"Ci andremo tutti," dissi. "Saremmo comunque partiti domani mattina. Forse è proprio per questo che hanno scelto di attaccare la tua tenuta."

Sapevamo tutti che l'assalto aveva più a che fare con me che con gli alfa e i loro simili. Come ultimo drago in vita, era mio compito non solo prendere i quattro alfa come miei compagni, ma unire l'intera comunità dei mutaforma. E visto che fino a qualche settimana prima non sapevo neanche che esistessero – né che io fossi una di loro – avevo un bel po' di lavoro da fare.

Ma di certo non mi sarei tirata indietro, soprattutto perché si trattava dei bastardi che avevano ucciso i miei padri e le mie sorelle.

Nate annuì e si precipitò fuori dalla porta. Nonostante la sua enorme stazza, era terribilmente veloce quando gli serviva. Noi altri ci affrettammo al suo seguito.

"Trovami il pilota più riposato," Aaron istruì l'assistente. "Prenderemo il jet."

"Il jet?" Ripetei. Quella era decisamente una novità.

"Ogni tenuta ha un paio di jet privati a portata di mano, in caso noi o i nostri consiglieri dobbiamo occuparci di qualche questione urgente altrove," spiegò mentre percorrevamo il corridoio dalle pareti bianche. "Sono molto più affidabili dei servizi aerei gestiti dagli umani."

"È solo un po' strano. Qui, voglio dire. Sapete tutti già volare."

La sua bocca si curvò in un sorriso teso. "Non sono veloce neanche la metà di un aereo, anche nei miei giorni migliori."

Giusto. Credo che neanche il mio drago potesse battere un jet. In più, fino a quel momento, non ero mai riuscita a mantenere la trasformazione per più di quindici minuti, quindi sarebbe stato impossibile.

Avevamo appena varcato un'uscita secondaria, accolti dall'aria calda di una notte d'estate, quando un rumore di passi risuonò dietro di noi. Alice, la sorella minore di Aaron nonché sua guardia del corpo autoproclamata, ci corse incontro. Aveva i capelli biondo oro raccolti in un'elegante coda di cavallo, e gli occhi luminosi in allerta. Quella ragazza dormiva anche, ogni tanto?

"Ho saputo," disse. "Stavolta vengo anch'io".

"Alice," iniziò Aaron.

Lei scacciò qualunque esitazione con un gesto della mano. "No. Non si discute. L'ultima volta stavi solo partendo per un viaggio veloce, senza sapere se avresti davvero ritrovato il drago scomparso, e sei finito a combattere i ribelli e a farti quasi avvelenare dalle fate.

Adesso *sappiamo* con certezza che qualcuno vi vuole morti. Chi può dire in quali altri guai vi caccerete?"

Aaron non sembrava convinto, ma non sembrava neanche avere l'energia per controbattere. Fuori era ancora buio – non dovevamo aver dormito più di un paio d'ore. E il giorno prima era stato piuttosto stancante.

"Voglio che Alice venga con noi," intervenni per facilitare le cose. "Non mi dispiacerebbe prendermi una pausa da tutto questo testosterone."

West borbottò qualcosa sottovoce e Marco ridacchiò. Il senso di colpa mi trafisse. Avrei dovuto contare sulla mia migliore amica, Kylie, per le chiacchierate tra donne. In quel momento era a Brooklyn, a riprendersi da un attacco dei ribelli, ma la nostra amicizia si complicava sempre di più a ogni ostacolo assurdo e spaventoso che incontravo.

Alice mi prese la mano e la strinse per ringraziarmi. E per rassicurarmi, immaginai, perché poi si chinò e disse: "Andrà tutto bene, abbiamo affrontato di peggio."

Non ero certa che mi facesse sentire davvero meglio. La comunità di mutaforma aveva avuto fin troppi problemi negli anni che avevano trascorso senza drago. Non era colpa mia se mia madre era scappata e aveva deciso di reprimere i miei ricordi, ma non riuscivo a non sentirmi in parte responsabile per il disastro che si era lasciata alle spalle. Ero l'unica che poteva sistemare le cose.

La brezza salmastra del Pacifico ci accarezzava mentre camminavamo lungo il sentiero, in mezzo a una distesa di alberi. Al suo termine, un piccolo aereo ci aspettava su una pista erbosa. Salimmo i gradini per entrare in cabina.

Lo spazio era più ampio di quanto mi aspettassi

dall'esterno. Il tetto era abbastanza alto da evitare che Nate si dovesse chinare. Cinque coppie di poltrone con i sedili in pelle erano allineate a una parete. Marco sprofondò in una di esse, passandosi una mano tra i capelli neri a spazzola. Aaron andò a parlare con il pilota che era appena arrivato di corsa.

Era un bene che il soffitto riuscisse a contenere Nate, perché aveva iniziato a camminare nervosamente avanti e indietro nel corridoio. Aveva l'aria tesa e le mani piantate sui fianchi. "Quando li troverò…" Borbottò. "Quando troverò i ribelli che hanno fatto questo…"

"Ehi." Gli toccai il braccio e lui si fermò, voltandosi verso di me. Lo guardai, cingendogli le guance con le mani. "Li *troveremo* insieme, e li faremo pentire del male che hanno fatto. Saremo lì in men che non si dica."

"Lo so. Ma…" Scosse la testa. Accarezzandomi i capelli, si chinò a baciarmi. La dolce pressione delle sue labbra mi fece tremare di piacere, come sempre, ma sentivo comunque la frustrazione che lo attanagliava. Non sarebbe riuscito a rilassarsi finché non fosse arrivato alla tenuta.

"Questi potrebbero servirvi," disse Aaron tornando in cabina. Lanciò un cellulare a Nate e ne passò altri due a West e Marco. "Uno dei miei assistenti li ha recuperati dalle vostre stanze. Il pilota sta dando una controllata ai sistemi. Saremo pronti a partire tra un minuto."

Nate afferrò il telefono con un sospiro di sollievo e compose un numero. Ricominciò a camminare avanti e indietro, portando il cellulare all'orecchio. Neanche io riuscivo a stare ferma, incerta su cosa fare. *Potevo* fare qualcosa? Odiavo sentirmi così inutile.

Il motore del jet rombò, e una mano mi afferrò il

polso. "Non credo che tu voglia stare in piedi durante il decollo, Scintilla," disse West col solito tono brusco. Mi tirò giù sul sedile accanto al suo. "Sarebbe un po' troppo anche per te."

"Grazie per la preoccupazione." Alzai gli occhi al cielo, ma mi sedetti. Al momento, West e io avevamo un… rapporto molto complicato. Non era ancora convinto che fossi adatta al ruolo del drago – o a essere la sua compagna. D'altra parte, mi era sembrato più che entusiasta quando mi era saltato addosso, qualche sera prima. Il suo odore di terra e pino fu abbastanza per farmi avvertire un piccolo fremito tra le gambe, riportandomi alla mente quel momento.

L'ultima volta che avevamo parlato, almeno, era riuscito ad ammettere che era lui ad avere qualche problema – non io. E di tanto in tanto scorgevo in lui un lato più tenero. Si era fatto avanti per me nel momento del bisogno, e si era lanciato in battaglia più di una volta per proteggermi. Per il resto, non ci restava che fare un passo alla volta.

Finalmente anche Nate si era seduto, pur continuando a parlare animatamente al telefono. Il rombo del motore eruppe quando il jet iniziò a muoversi. Avanzava sempre più veloce, poi, dopo un rapido sobbalzo, si levò in volo.

Mi si rivoltò lo stomaco, ma sapevo che non era colpa del decollo. I ribelli avevano portato fin troppo dolore nella mia vita; l'ultima cosa che volevo era vedere la distruzione che avevano causato alla tenuta di Nate.

2

Ren

L'aereo tremò, svegliandomi di colpo. Non avevo neanche realizzato di aver chiuso gli occhi, ma li sentivo così pesanti che evidentemente dovevo aver dormito un bel po'. Avevo il collo indolenzito per la posizione.

Mi ero accasciata sulla spalla muscolosa di qualcuno. Una spalla dal leggero profumo di pino.

Oh, cavolo. Balzai all'indietro sul mio sedile col cuore in gola. Dopo essere stata svegliata nel cuore della notte, ero talmente stanca che mi ero addormentata addosso al mio vicino – che si dava il caso fosse West.

Che in quel momento mi stava guardando con un'espressione indecifrabile.

"Ehm, scusa," mormorai. "Giuro che non l'ho fatto apposta, non ti scambierei mai per un cuscino."

Forse non erano le scuse più credibili del mondo. Okay, dopo le mie parole riuscii senz'altro a leggere l'espressione sul suo volto: quella, amici, era un'occhiataccia.

"Questo non ti ha impedito di usarmi come tale," sottolineò.

"Già, beh, sai, ero incosciente. Non posso essere ritenuta responsabile delle mie azioni." Agitai vagamente le mani in aria.

"Spero non sia una scusa che intendi usare molto spesso."

Sospirai. Era così difficile per lui darmi un minuto di tregua, ogni tanto? "Se ti dava così fastidio, potevi svegliarmi e farmi spostare."

Qualcosa s'illuminò nei suoi occhi, qualcosa che mi fece ripensare al nostro momento nel giardino, quando mi aveva stesa sulla panchina riempiendomi di baci. Avrei giurato che la temperatura tra noi fosse salita di dieci gradi in quel preciso istante, mentre sosteneva il mio sguardo, ma forse ero solo io a sentirlo.

Lui allungò una mano e mi sfiorò la guancia con le dita, scostando una ciocca di capelli dai miei occhi. Il mio cuore saltò un battito al suo tocco delicato. Era così vicino che sarebbe stato semplice infilare le dita tra i suoi capelli ramati e argentati e...

West si sistemò sul sedile, volgendo lo sguardo davanti a sé. Lontano da me. "Siamo quasi arrivati. Farai meglio a prepararti, Scintilla. Il tuo lavoro diventerà solo più difficile d'ora in avanti."

Mi schiaffeggiai mentalmente. Anche se West fosse stato lontanamente favorevole a qualche tipo di approccio, non era certo quello il momento di farmi avanti. Dovevamo occuparci dell'attacco dei ribelli, e ancora non sapevamo quanto fosse stato grave.

Era difficile ignorare l'incessante spinta dell'attrazione, però, ed ero quasi certa che si sarebbe fatta più insistente con i due ragazzi con cui non l'avevo ancora consumata. Ma, a quanto pareva, al legame non interessava se avevo buone ragioni per prendermi il mio tempo con Marco e West.

Mi inclinai verso l'altro lato del sedile e vidi subito Nate, un paio di file più avanti. I suoi capelli castano scuro, folti come la pelliccia del suo orso, spuntavano dallo schienale. Era di qualche centimetro più alto degli altri ragazzi, che comunque non erano affatto bassi.

La mia mano cadde sulla cintura, ma prima che potessi alzarmi e andare a chiedergli cosa avesse scoperto con le telefonate, l'aereo sobbalzò di nuovo. Una voce calma si diffuse dall'altoparlante sul soffitto.

"Rimanete ai vostri posti per i prossimi dieci minuti. Ci stiamo preparando all'atterraggio."

Okay, non sarei andata da nessuna parte. Provai a rilassarmi, ma il cuore mi batteva all'impazzata, e non aveva nulla a che fare con il fatto che West fosse così vicino a me. Sbirciai fuori dal finestrino e, nella tenue luce dell'alba, vidi un tratto di paesaggio roccioso e desertico che sfociava in una fitta foresta. La tenuta di Nate – centro operativo di tutti i mutaforma che non appartenevano al gruppo dei canidi, dei felini o dei volatili – si trovava in una delle zone più selvagge della California.

Sapendo che mi sarei diretta lì, i ribelli avevano

attaccato i suoi consiglieri. *E* le loro famiglie. Se qualche bambino fosse stato ferito per colpa mia…

Ebbi un tuffo al cuore. Strinsi le dita attorno ai braccioli. No, non potevo pensarla così; stavo facendo del mio meglio, e qualunque violenza commessa dai ribelli era solo colpa loro. Se avevano un problema così grande con i draghi, avrebbero potuto tirarlo fuori in maniera pacifica.

Ne ero perfettamente consapevole, eppure non potevo fare a meno di sentirmi in colpa.

Le mie orecchie avevano iniziato a fischiare per il cambio di pressione, quando il mio cellulare vibrò per un messaggio. Lo tirai fuori dalla tasca dei jeans – doveva essere Kylie. Almeno parlare con la mia migliore amica mi avrebbe distratta da qualunque disastro ci stesse aspettando. In fondo, non potevo fare ancora nulla per risolverlo.

Ehi, ragazza. Ieri non ti ho sentita per tutto il giorno. Volevo solo assicurarmi che fossi sopravvissuta al grande evento dell'altra sera. E che tutti siano sopravvissuti alla tua bellezza con quel vestito!!!

Cavolo, davvero non le avevo scritto niente? Tra il tentato omicidio, il confronto con la regina delle fate e la festa d'addio, avevo avuto a malapena il tempo di respirare. Ma Kylie non aveva idea di cosa stesse succedendo, né che mi trovassi ancora nei guai. Non le avevo raccontato le parti più drammatiche delle mie avventure, ma aveva visto coi suoi occhi quali minacce si annidassero in quel mondo, prima che la convincessi a restarne fuori. Oltre all'attacco dei ribelli in cui era rimasta ferita, aveva assistito a uno scontro tra i miei alfa e un gruppo di vampiri.

Il senso di colpa iniziò a pesarmi il doppio. Digitai velocemente una risposta: *Scusa! È stata una giornata folle. Sì, tutti sopravvissuti al vestito, me compresa. Siamo appena partiti per la tenuta di Nate, in California.*

Oh, wow, in California! Devi assolutamente invitarmi quando ti sarai sistemata. È in cima alla mia lista degli Stati da visitare.

Sorrisi. *Certo. Ora, però… non è proprio il momento migliore.* Esitai, chiedendomi quanto potessi dirle. *Ricordi i tizi che ci hanno attaccate al villaggio? Alcuni di loro si sono introdotti nella tenuta, ieri sera.*

Oh, merda. Stanno tutti bene?

Ancora non lo so. Ma è un sollievo che tu sia tornata a Brooklyn, lontano da tutto questo caos.

Kylie mi rispose con un'emoji che mandava un bacio. *Sai che ti coprirei le spalle sempre e ovunque, Ren. Basta che tu lo dica e corro lì.*

Lo sapevo eccome. Era esattamente il motivo per cui non le avevo raccontato il recente attentato alla mia vita. L'affetto di Kylie significava molto per me – fino all'arrivo dei miei alfa, lei e mia mamma erano state le uniche a tenere a me sino a quel punto – ma non volevo metterla in pericolo più di quanto non avessi già fatto.

Iniziai a scriverle per chiederle come stesse, quando l'aereo fece una brusca virata. Il mio sedile vibrò quando le ruote toccarono terra. Le pietre sul terreno scricchiolavano sotto il carrello di atterraggio. Rallentammo fino a fermarci quasi subito.

Mi si annodò lo stomaco: eravamo arrivati.

Mi dispiace, scrissi a Kylie. *Devo andare. Roba da mutaforma. Ci sentiamo più tardi.*

Non preoccuparti per me! Rispose con una riga di cuori. Come se potessi fare a meno di preoccuparmi.

Ma in quel momento ero decisamente più preoccupata per quello che ci attendeva nella tenuta. Ci togliemmo tutti le cinture di sicurezza e ci affrettammo a uscire dal jet.

Il terreno secco e duro della pista era fiancheggiato da alte sequoie. Il loro profumo pungente m'inondò, insieme al canto di un coro d'insetti.

Una schiera di mutaforma era lì ad aspettarci – la famiglia di Nate, immaginai. Era un gruppo decisamente variegato. Una confusione di odori mi solleticò le narici mentre ci avvicinavamo a loro. I miei sensi da drago furono in grado di identificarli d'istinto: un orso nero, un ermellino, un visone, un armadillo, un lamantino.

Sprigionavano energia nervosa, che si attenuò lievemente quando videro il loro alfa in mezzo a noi. Nate corse verso di loro, con le mascelle serrate e gli occhi cupi. Gli sguardi dei suoi simili, però, si spostarono da lui a me. Un brivido mi percorse la pelle.

Quando avevo incontrato la famiglia di West al suo villaggio, e i volatili nella tenuta di Aaron, quasi tutti i mutaforma erano stati cordiali. Non solo cordiali: erano onorati della mia presenza. Mi adulavano, volevano toccarmi e sentirmi parlare. Era stato un po' travolgente.

Di certo non mi mancava la pressione di quel tipo di accoglienza. Ma quella volta... non ero nemmeno sicura che quei mutaforma fossero felici di vedermi. I loro occhi sembrarono studiarmi mentre avanzavo al fianco del mio compagno. Nate posò una mano sulla mia schiena, ma la sua attenzione era totalmente sui suoi simili.

"Sei arrivato in fretta," commentò l'orso nero – un uomo sulla quarantina, più basso dell'alfa ma ugualmente robusto. I suoi capelli neri si rizzavano in un taglio a spazzola. "È bello riaverti qui."

"Siamo partiti appena abbiamo saputo," rispose Nate. "Ci sono novità da riferire, Thomas?"

L'uomo di nome Thomas s'incamminò lungo un sentiero che pensai conducesse alla tenuta. Lo seguimmo. Alice si mise fra me e Aaron, come per essere sicura di proteggerci entrambi. I suoi occhi attenti scrutavano la foresta.

"Il conteggio attuale è di nove feriti gravi e quattro morti," annunciò il mutaforma con voce dura. "Non ci siamo preoccupati di contare le persone con graffi e lividi."

La bocca di Nate si contorse in una smorfia. "Chi abbiamo perso?"

"L'obiettivo dei ribelli era chiaramente l'ala di residenza dei consiglieri. Si sono introdotti nelle stanze di Yvonne e Garret, non c'è stato neanche il tempo di suonare l'allarme. Ed erano armati: qualcuno aveva una pistola, gli altri coltelli… Tutti noi abbiamo lottato come potevamo, ma Garret è morto, così come il compagno di Yvonne. E le due guardie che sono intervenute."

"Come hanno fatto a entrare?" S'intromise Marco. "Ho visto le mura che avete intorno al complesso, e presumo che ci fossero delle guardie a sorvegliare."

La voce di Thomas si ridusse quasi a un ringhio. Ebbi l'impressione che non gli piacesse essere interrogato da qualcuno che non era il suo alfa. "Non siamo sicuri di come siano entrati. Stavamo pattugliando i confini con *attenzione*, soprattutto visti i recenti problemi, ma nessuna delle guardie ha visto gli intrusi prima che fossero già all'interno della casa."

"Sono sicuro che tutti stessero facendo il proprio lavoro al meglio," commentò Nate. "I ribelli stanno ricorrendo a trucchetti a cui nessun mutaforma dovrebbe abbassarsi. Che è successo agli aggressori?"

Il sentiero sfociò in un cortile ricoperto di lastre di argilla lucida, al cui margine si ergeva un'enorme villa. Doveva essere la 'casa' di cui parlava Thomas. Sui suoi gradini, e nel corridoio oltre la porta ad arco aperta, erano sparse figure inginocchiate.

"Li abbiamo uccisi quasi tutti nel combattimento," rispose. "Il modo in cui hanno attaccato – senza la minima preoccupazione per se stessi – ci ha costretti a farlo. È stata una notte sanguinosa, questo è certo."

Quando raggiungemmo i gradini, con le sue ultime parole che continuavano a ronzarmi in testa, mi resi conto di cosa stavano facendo le persone inginocchiate. Stavano strofinando le piastrelle e le pareti con degli stracci, lavando via le macchie rossastre che imbrattavano l'argilla e i mattoni marroni.

Era il sangue dei mutaforma versato la notte precedente...

All'improvviso, il sangue del mio stesso corpo sembrò affluirmi tutto alle orecchie, accompagnato dal martellare del mio cuore. Mi si appannò la vista.

C'era sangue ovunque. Parte era schizzato sulle pareti nella delicata tonalità di giallo che mia madre aveva lasciato scegliere a me e alle mie sorelle. Una pozza si spandeva sotto il corpo senza vita di uno dei miei padri – il mutaforma lupo. Altro sgorgava dalle ferite d'arma da fuoco sul petto di mia sorella. Il boato di altri spari echeggiava nel corridoio. La mano di mia madre era stretta talmente forte alla mia da farmi male alle ossa. Il rumore frettoloso dei miei passi rimbombava sul pavimento in legno.

L'odore denso e metallico del sangue impregnava l'aria, mescolandosi all'aspro sentore di fumo delle pistole. Si era insinuato nella mia gola e mi aveva riempito lo stomaco, fino a contorcermi le viscere e farmi vomita–

No, il vomito non era un ricordo: stava succedendo davvero. Inciampai e mi chinai in avanti, stringendomi la pancia. Il cuore mi batteva dolorosamente; i ricordi continuavano a riemergere nella mia testa. L'orribile odore di sedici anni prima mi riempiva il naso.

Temperance, mia sorella maggiore, mi aveva sempre incoraggiata a scalare più in alto, a correre più veloce – anche quando vacillavo. Era stata lei a spingermi via mentre ribelli aprivano il fuoco dalla soglia di casa nostra. E Verity era di soli due anni più grande di me. La mamma aveva provato ad afferrarci entrambe. Ma, in quel momento, l'aquila di mio padre si era scagliata sul ribelle con gli artigli, facendoci scudo con le ali. I proiettili di una pistola l'avevano trapassato, e lei... E lei...

"Ren," qualcuno stava chiamando. "Ren!" Un braccio forte strinse la mia schiena tremante.

Soffocai un singhiozzo. Il profumo muschiato e speziato di Nate mi avvolse, scacciando i fantasmi degli odori del mio passato. Afferrai la sua maglia, aggrappandomi a lui come se fosse l'unica cosa a tenermi in equilibrio. E forse in quel momento lo era.

Non ero nella tenuta dei draghi, non avevo più cinque

anni. Mi concentrai sull'argilla sotto i miei piedi, sulla brezza tiepida, sui mormorii sommessi intorno a noi...

Dannazione. Mi spinsi in piedi, strofinandomi velocemente gli occhi. Nate continuò a stringermi, il che fu un bene, perché le mie gambe barcollarono per un secondo prima di ritrovare l'equilibrio. Aaron era in piedi accanto a me, dall'altra parte, e Alice di fronte. Mi toccò la spalla con occhi preoccupati, ma il suo tono era tranquillo.

"Ehi, stai bene?"

"Sì," risposi, sforzandomi di parlare con voce ferma. "Mi dispiace. Non mi aspettavo... È che mi sono appena ricordata dell'attacco a mia madre, nella mia tenuta. Quando ero una bambina, e..." La mia gola iniziò a chiudersi, forse era meglio evitare i dettagli. Dallo sguardo sul viso di Alice, aveva già capito tutto.

Dietro di lei, mi stavano tutti fissando: i simili di Nate che ci avevano accolto e i mutaforma che stavano ripulendo il disastro della notte prima. Mi stavo rendendo del tutto ridicola. Come diavolo avrebbero fatto a fidarsi delle mie capacità di gestire quella minaccia, se solo al vederne le conseguenze avevo avuto una crisi? Strinsi i pugni.

"Sto bene," dissi con decisione, squadrando le spalle.

"I tuoi ricordi sono stati sepolti per troppo tempo, è comprensibile che tu non sappia ancora gestire quelli più traumatici," mi rincuorò Aaron. Mi chiesi se quelle parole fossero davvero rivolte a me o agli altri spettatori.

"Beh, dovrò solo abituarmi a gestirli," replicai. "Adesso dobbiamo concentrarci sull'attacco avvenuto *qui*, e assicurarci che non succeda di nuovo."

Thomas si schiarì la gola, rivolgendo lo sguardo al suo

alfa. "A questo proposito… Come ho detto, abbiamo ucciso *quasi* tutti i ribelli dell'assalto. Ma siamo riusciti a catturarne uno, e a fermarlo prima che si togliesse la vita. Per il momento è sotto tranquillanti, ma possiamo svegliarlo quando sarete pronti a interrogarlo."

3

West

Le quattro famiglie della comunità erano diverse tra loro, non c'è ombra di dubbio. Ma in fondo, per alcuni aspetti essenziali, eravamo tutti uguali. I funerali dei mutaforma erano celebrati allo stesso modo, che si trattasse di onorare canidi, felini, volatili o qualsiasi altro defunto – come quel giorno.

Tutti gli abitanti della tenuta si erano radunati attorno all'enorme pira funeraria. L'odore pungente della linfa fresca quasi copriva il fetore della morte. Quattro corpi giacevano lì per essere sepolti. I familiari si erano fatti avanti per commemorare la loro vita. Nate si spostava da un cadavere all'altro, con le fiamme che avvampavano all'estremità della torcia che teneva tra le mani. La sua voce bassa e roca risuonava nella radura.

"Fratello del mio cuore, figlio del tuo alfa. La tua luce

si è spenta, ma ora brillerai più forte. Mentre ti lasciamo andare, giuriamo solennemente di rialzarci più forti per te."

"Giuriamo solennemente di rialzarci più forti per te," ripeté un coro di voci attorno alla pira. Aggiunsi anche la mia. Poco distante da me, Ren trasalì, colta alla sprovvista, ma riuscì a ripetere in tempo le ultime parole.

Giusto un'altra cosa che il nostro drago non sapeva sulla sua specie.

Si era persa il funerale dei suoi stessi padri e delle sue sorelle. Era stato imponente, con mutaforma venuti da ogni dove per porgere i propri saluti. All'epoca avevo solo undici anni, ma ricordavo ancora nitidamente la vista dell'alfa disteso di fronte a me. Quell'uomo, che era stato il mio mentore per tre anni, giaceva assente e senza vita sul mucchio di legna. Il foro di proiettile che gli deturpava la pelle sembrava così innaturale, più come una malattia orribile che una vera e propria ferita di battaglia.

Erano quei bastardi dei ribelli a essere contro natura: massacravano i loro stessi simili per puro egoismo. Strinsi i denti, pensando a quello che le guardie di Nate erano riuscite a catturare. Quanto mi sarebbe piaciuto affondare le zanne nella sua carne. Se non avessimo avuto bisogno delle informazioni che poteva darci, gli avrei squarciato la gola per il male che aveva fatto nella tenuta, e anche per quello che avevano fatto tanti anni prima. Per tutto, in realtà.

"Giuriamo solennemente di rialzarci più forti per te," ripetemmo per la quarta volta. Nate chinò il capo, poi gettò la torcia sulla pira.

Le fiamme crepitarono, inghiottendo in un incendio il

mucchio di legna e i corpi che vi giacevano sopra. Poi il fumo iniziò a levarsi, pizzicandomi gli occhi e la gola, ricoprendomi la lingua. E il ricordo che riemerse in quel momento non fu del mio mentore.

Quanti corpi avevamo rimandato nella luce il giorno in cui avevo detto addio a mia madre? Otto. Otto dei miei fedeli simili erano caduti. Avevo dovuto ordinare alla mia gente di costruire due pire per contenerli tutti. Alla fine del mio giro intorno a loro avevo la gola in fiamme. Uno dei miei consiglieri si era offerto di aiutarmi, visto che avevo quindici anni e non ero neanche maggiorenne, ma gli avevo detto di no. La battaglia era avvenuta a causa mia. Quelle persone erano morte per le mie decisioni.

Dovevo solo convincermi che sarebbero state molte di più se avessi fatto scelte diverse.

Ma mio padre non la pensava così, o forse non gli interessava. Mi aveva voltato la schiena per tutta la cerimonia, con le spalle ostinatamente rigide. Quel ricordo aveva smesso di farmi male, nel corso degli anni – anche se lui non mi aveva più rivolto la parola. Ero il suo alfa, ma non ero più suo figlio.

Quel giorno, alla tenuta di Nate, le fiamme ci misero un po' a spegnersi. Assistemmo in silenzio per tutto il tempo, lasciando che il fumo e l'odore ci avvolgessero. Onorando i nostri morti.

Normalmente, quando le ultime fiamme si estinguevano, aspettavamo che le ceneri fossero portate al luogo di sepoltura per concludere il rituale. Ma quando Nate fece per muoversi, Ren gli toccò il braccio e uscì dal cerchio, dirigendosi verso la pira.

Aveva ancora il volto più pallido del solito, il che

faceva risaltare i suoi occhi e i capelli scuri. Ma non potevo far altro che ammirare la sua compostezza e la forza con cui si reggeva in piedi. Qualunque ricordo l'avesse scossa quella mattina, quando eravamo arrivati, aveva lottato per tenerlo sotto controllo.

Anche la sua voce venne fuori decisa – chiara e decisa.

"I ribelli l'hanno fatta franca troppe volte e troppo a lungo. Avrei voluto essere qui con voi prima, per adempiere al mio ruolo di drago. Ma, adesso che sono qui, giuro che renderemo giustizia a questi defunti. E, se faremo a modo mio, i ribelli non verseranno neanche un'altra goccia del nostro sangue."

Sollevò un pugno nell'aria e lo lasciò ricadere di scatto al suo fianco. Un'aria solenne aleggiava sui presenti, ma diverse voci si levarono in assenso. "Neanche un'altra goccia!"

Mi trattenni dall'aggrottare la fronte. Avrei voluto esultare anch'io, ma il nostro drago non era affatto nella posizione di dare la sua parola. Sua madre non era stata in grado di affrontare i ribelli – e lei era una mutaforma con anni di esperienza, cresciuta per rivestire esattamente quel ruolo. Il fatto che Ren tentasse di fare una promessa del genere dimostrava solo che aveva ancora tanto da imparare.

Forse i tempi erano davvero cambiati. Forse c'erano cose che un drago non poteva sistemare, neanche con nuovi poteri e noi quattro al suo fianco.

Beh, nonostante una parte di me lo desiderasse, non mi ero ancora impegnato. Non era colpa sua se era così indietro, ma di certo non dovevo sacrificare me stesso e la mia famiglia per sostenerla.

Era quello che continuavo a ripetermi, ma allo stesso tempo la determinazione sul suo viso mi stringeva il cuore. Quel maledetto legame mi tormentava, confondendo le mie emozioni. Dovevo tenerle ancora più a freno. Se solo un suo tocco era in grado di farmi perdere completamente il controllo, come avrei fatto a mettere la mia gente al primo posto?

Ren

L'odore acre del fumo mi seguì fino al seminterrato della villa di Nate. Mi strofinai le braccia nude e resistetti all'impulso di schiarirmi la gola. Sarebbe sembrata una mancanza di rispetto? C'erano così tante tradizioni e aspettative che ancora non conoscevo, dopotutto.

E dall'occhiata che mi aveva lanciato West mentre lasciavamo la radura, stava tenendo un conto attento di quelle che infrangevo.

Per fortuna, gli altri tre alfa e Alice non stavano cercando qualsiasi scusa possibile per sbarazzarsi di me. Avevamo un ribelle da interrogare, e speravo che sapesse qualcosa in più della donna volatile che mi aveva attaccata nella tenuta di Aaron. Lei era stata costretta a collaborare, ma lui si era unito alla lotta di sua spontanea volontà.

La guardia che ci aveva condotti alla breve schiera di celle indicò una stanza con un cenno. Oltre la piccola finestrella della porta, un uomo magro dai capelli castano chiaro era accasciato su una panca. Aveva le caviglie e i polsi incatenati, per evitare che facesse del male a se stesso o a noi. Non finché era in forma umana, almeno.

Mi allontanai dalla porta. "Come sappiamo che non si trasformerà per liberarsi dalle catene?"

"Il tranquillante che usiamo in questi casi inibisce la capacità di trasformarsi," disse Aaron, pronto come sempre a fornire spiegazioni. "Le guardie avranno ridotto la dose in modo che sia abbastanza cosciente da parlare, ma con scarso controllo sul suo corpo."

"Dovrebbe essere abbastanza sveglio, adesso," comunicò la guardia. Aprì la porta per lasciarci entrare.

Nate s'introdusse per primo, sprizzando rabbia da ogni poro. Marco scivolò nella stanza davanti a me. Mentre entravo, il mio naso colse l'odore del ribelle: era un cane, ma non ne capii la razza. Non mi sorprese, aveva tutta l'aria di un bastardo.

West superò la soglia digrignando i denti. Per una volta il suo sguardo burbero non era rivolto a me. Quell'uomo avrebbe fatto parte della sua famiglia se non si fosse dato agli omicidi.

Aaron rimase sulla porta, e Alice dietro di lui. Lei era tesa, come se non pensasse che le precauzioni prese bastassero a proteggerci.

"Tu," grugnì Nate. "Iniziamo con le domande facili: come ti chiami?"

Il mutaforma alzò lo sguardo sul viso di Nate, ma le sue labbra sottili rimasero serrate. Si mosse leggermente sulla sedia, con le spalle ricurve.

Nate si avvicinò a lui con aria più minacciosa. "Non voglio far male a nessuno," iniziò. "Ma sono appena tornato dal funerale di quattro persone a me care, il cui sangue è sulle *tue* mani. Altre nove sono ancora in convalescenza, perciò non mi sento molto indulgente, al momento. Ma, se preferisci, possiamo provare con le cattive."

"Non ho niente da dirti," dichiarò il ribelle. Quelle parole vennero fuori un po' biascicate – per via del sedativo, immaginai.

La mia schiena s'irrigidì. Se ci avesse attaccati, non avrei avuto problemi a vedere Nate pestarlo. E non avevo alcun dubbio che meritasse una punizione. Ma, se volevamo risposte, non ero certa che la tortura avrebbe funzionato. Avevamo visto ribelli lanciarsi verso la morte e trafiggersi da soli con i nostri artigli, solo per evitare di parlare. Sembrava che la causa valesse più della loro vita.

"Te lo chiederò di nuovo," ringhiò Nate, sempre più intimidatorio. Sollevò la mano, trasformandola in un'enorme zampa da orso. "Dicci come ti chiami."

Il ribelle ricambiò il suo sguardo con un accenno di sfida, per quanto incerto. Le parole mi sfuggirono di bocca prima ancora di aver ragionato.

"C'è un altro modo per farlo parlare. Posso usare le fiamme della verità; hanno funzionato con la regina delle fate."

Nate si voltò verso di me. "Sei sicura di sentirti pronta, Ren?"

Scrollai le spalle. Avrei fatto meglio a esserlo, dato che mi ero offerta volontaria. "Ho avuto un'intera giornata per recuperare le forze. E faremo molto più in fretta che provando altre cose. Lo sai come sono i ribelli."

"Già," rispose osservando il mutaforma. Era rimasto seduto nella stessa postura incurvata, ma mi sembrò che il lieve colore che tingeva il suo volto giallastro fosse svanito. Forse non sapeva di cosa stavo parlando, ma aveva capito che non era nulla di buono per lui.

Era la nostra soluzione. "Facciamolo. Adesso, mentre è ancora sotto l'effetto del tranquillante. Dobbiamo portarlo in una stanza più grande, così avrò lo spazio per trasformarmi."

"Si può fare." Nate fece un gesto alla guardia.

Uscimmo dalla cella. "Dovrete fare voi le domande," dissi agli alfa. "Non posso portare avanti una conversazione se sono impegnata a sputare fiamme."

"Penso proprio che ce la caveremo, principessa," rispose Marco con un sorriso malefico. Serrò una mano in un pugno e la portò sul palmo dell'altra. "Ci sono un sacco di cose che mi piacerebbe scoprire da questo idiota."

Scortarono il ribelle fuori dalla cella. Nate teneva le catene del braccio e della gamba sinistra, mentre la guardia teneva quelle di destra. Il prigioniero camminava lentamente. Mi lanciò un'occhiata fulminea da sopra la spalla. Era nervoso.

Risalimmo le scale a piedi. Proprio quando raggiungemmo il corridoio, il ribelle si lanciò in avanti con tutta la forza che aveva, agitandosi in ogni direzione, cercando di sfuggire alla presa dei suoi accompagnatori.

Fortunatamente per noi, i due erano al massimo delle loro forze, mentre il mutaforma era indebolito dalla droga. Nate lo immobilizzò con un rapido strattone delle catene. Alice fece un passo avanti con i pugni serrati.

"Puoi camminare sui tuoi piedi, oppure possiamo trascinarti," disse Nate. "A te la scelta."

L'uomo rispose con una smorfia, poi ricominciò a camminare.

La nostra bizzarra processione virò bruscamente per finire all'esterno della villa, in un piccolo cortile di terra battuta e qualche ciuffo d'erba. "Di solito usiamo questo campo per sport all'aperto e per allenarci," spiegò Nate rivolgendosi a me. "Avremo molto spazio, ci servirà."

Trascinò il ribelle fino a un rettangolo di metallo che spuntava dal terreno. Capii dopo qualche secondo che era una mini porta da football.

Attaccarono le catene ai pali robusti, e lui cercò di tirarle, ma era troppo debole. Poi si rannicchiò il più possibile al suolo, in posizione remissiva. Forse si era arreso.

Avanzai verso di lui finché non rimasero solo pochi metri a dividerci. Lui si limitò a guardare per terra.

"Non lo farò per torturarti, ma ho la sensazione che non sarà nemmeno piacevole," cominciai. "Se vuoi evitarlo, puoi iniziare a rispondere alle nostre domande subito. Dicci perché tu e i tuoi 'amici' avete attaccato la tenuta."

Non disse una parola.

E va bene, l'avremmo fatto alla maniera dei draghi.

Indietreggiai di qualche passo per assicurarmi di non travolgerlo. Con una nonchalance che iniziava a manifestarsi con sempre più facilità ogni volta, mi tolsi la maglietta e calciai via i pantaloni. Avevo già rovinato abbastanza vestiti con le trasformazioni improvvise delle ultime settimane. La calda brezza della sera mi solleticò la pelle. Mi chinai in avanti e mi lasciai scivolare nel mio corpo di drago.

Anche sprofondare in me stessa e riemergere in quella forma era sempre più semplice. Gli artigli e le squame erano solo in attesa, dall'altro lato della mia pelle, e non vedevano l'ora di essere liberate. Mi lasciai andare e, con un formicolio esaltante, il drago iniziò a espandersi.

Letteralmente. Il mio collo si allungò, la vista si fece più acuta, i denti appuntiti. Le gambe si irrobustirono sotto il mio torso in estensione. La coda pungente sferzò alle mie spalle, e grosse ali mi spuntarono dalla schiena. Le spiegai, scrollandomi di dosso l'impulso di librarmi in volo. Non c'era bisogno di me lassù. Il mio compito era lì, a terra.

Il bruciore mi solleticava la gola. Un calore più intenso riempiva i miei polmoni. Feci un respiro profondo, percependo la differenza tra le due fiamme che potevo lanciare: quelle incandescenti e distruttive del mio solito fuoco, e l'esplosione brillante e pungente che poteva estorcere la verità. Per quanto una parte di me desiderasse far esplodere le prime per quello che il mutaforma cane aveva fatto, scelsi di raccogliere le seconde.

Con un getto caldo, lasciai che le fiamme violacee si riversassero sul ribelle.

Un grido eruppe dalla sua gola. Si agitò contro le catene, pronunciando versi incoerenti.

Per un attimo pensai che il potere non avesse funzionato, che in qualche modo il farabutto fosse riuscito a resistere a quello che neanche la regina delle fate aveva potuto. Poi la sua bocca si spalancò per rispondere alla mia domanda.

"Sapevamo che il drago sarebbe arrivato qui insieme a

tutti gli alfa," gridò con affanno. "Le famiglie di mutaforma stanno iniziando a ricongiungersi. Dovevamo dimostrare che, anche con gli alfa riuniti, noi abbiamo più potere. Possiamo distruggervi, se vogliamo. Gli alfa non possono più prendere tutte le decisioni, devono piegarsi al *nostro* volere."

Già, quello era da vedere. Mentre le mie fiamme lo circondavano, Nate fece un passo avanti, con le braccia conserte sul petto muscoloso. "Ci sono altri ribelli qui intorno? Stanno pianificando un altro attacco?"

"Molti di noi si stanno radunando a sud. Non so precisamente dove. Non mi è stato riferito, perciò non posso dirvelo. E continueremo ad attaccare finché gli alfa e i draghi non avranno più il controllo della comunità."

"E cosa pensi che ci sia di così *grandioso* in una cosa del genere?" Intervenne Marco.

Un lamento spezzò la voce del ribelle. "Non lo so. Non ci ho pensato così tanto, ma non mi piace che dobbiamo prostrarci alle vostre regole, e che chiunque non lo faccia venga cacciato. Se non ci fossero alfa, saremmo tutti uguali e vivremmo in libertà."

Per qualche motivo, non pensavo che sarebbe andata esattamente così. Chiunque fosse a capo del suo gruppo, sapeva essere molto persuasivo.

Un fastidioso pizzicore cominciava a riempirmi i polmoni. Non potevo sostenere quelle fiamme tanto a lungo. Raschiai gli artigli sul terreno, sperando che gli alfa capissero il mio segnale.

"Quanti siete ancora?" Chiese Aaron velocemente.

"Io ne ho conosciuti almeno venti. Ce ne sono decine sparsi per il Paese, ma ne reclutiamo altri ogni giorno." Si strinse la testa tra le mani, scuotendola ma senza riuscire a tacere.

"Qual è la prossima mossa che avete pianificato?" Domandò West.

"Non lo so. Riceviamo istruzioni solo subito prima di entrare in azione."

Mi faceva male il petto. Lanciai un'ultima fiammata sull'uomo, e Nate fece la domanda finale.

"Come avete fatto a raggirare le guardie per introdurvi nella tenuta?"

Il ribelle sogghignò. *Rise*, anzi, come se la domanda fosse divertente. "Oh," iniziò. "Non abbiamo avuto alcun problema in quello. C'era qualcuno felice di aiutarci: un mutaforma procione di nome Keith – una delle guardie. È stato un tuo prezioso suddito a farci entrare."

4

Ren

Le fiamme della verità mi prosciugavano più di qualsiasi altro potere. Provai a resistere più a lungo che potevo, per dare ai miei alfa l'opportunità di estorcere qualche altra confessione al ribelle, ma il mio corpo si accartocciò. Il fuoco si spense e collassai in me stessa, tornando nella mia forma umana.

Aaron si precipitò al mio fianco, passandomi i vestiti. Il suo sguardo era teso. Mentre afferravo la maglietta, Nate ci passò davanti di corsa. Si trasformò in orso scagliandosi verso il mutaforma.

Il cane indietreggiò d'istinto, ma quando Nate spalancò le fauci minacciosamente, si prostrò ai suoi piedi.

"Fa' pure," disse, riuscendo a sembrare allo stesso tempo sia sprezzante che rassegnato. "Fammi a pezzi, non m'interessa. Tanto cos'altro potreste farmi?"

Bella domanda. Diedi uno sguardo agli altri alfa mentre mi rivestivo. Marco aveva il viso imbronciato e la bocca contorta in una smorfia. West aveva gli occhi pieni di frustrazione.

Nate sbuffò e schioccò le fauci verso la gola del ribelle, ma i suoi denti non arrivarono nemmeno a sfiorargli la pelle. Si voltò nel suo corpo massiccio, tornando in forma umana.

"Portatelo via," ordinò alla guardia agitando una mano. "Lo voglio lontano dalla mia vista, a meno che non ci serva di nuovo."

"Che facciamo con il procione di cui parlava?" Chiesi mentre la guardia trascinava l'uomo via dal cortile. Alice corse ad aiutarlo – Nate era palesemente troppo agitato per farlo. "Se qualcuno li ha aiutati, non dovremmo–"

"Non serve," rispose West con tono secco. "Una delle guardie morte si chiamava Keith. A meno che non sia un nome particolarmente comune, qui, presumo che i ribelli si siano assicurati che il loro 'alleato' non parlasse."

"Ha avuto quello che meritava, allora," grugnì Nate. Camminava avanti e indietro nel cortile mentre s'infilava di nuovo la camicia. Aveva distrutto i jeans nella trasformazione. Se la situazione non fosse stata così tesa, mi sarei goduta quella vista. "Traditore. Agire alle spalle della propria gente così." Terminò quella frase con un guaito di dolore. "Uno dei *miei* uomini."

Aaron si voltò verso di lui. "Nate," sussurrò la mia aquila.

Prima che potesse continuare, l'altro alfa scosse la testa, agitato. "Ho bisogno di pensare, parleremo domani mattina.

Datemi la notte per trovare un senso a tutto questo. Se ci riesco." Il suo sguardo cadde su di me. "Mi dispiace, Ren. Non è così che volevo andasse la tua prima notte qui."

"Lo so," risposi dolcemente. Vederlo soffrire così tanto mi uccideva. "Se posso fare qualcosa per te…"

"Adesso non sarei di buona compagnia per nessuno."

Girò sui tacchi e s'incamminò in tutta fretta verso la casa.

Il letto sembrava così vuoto quando mi svegliai nella mia stanza. Mi girai e allungai le braccia sul morbido materasso, tastando l'enorme spazio ai miei lati. Proprio come nella tenuta dei volatili, era grande abbastanza per cinque persone: per me e i miei compagni. Ma nessuno di loro aveva dormito con me, quella notte.

La brezza che filtrava dalla finestra semiaperta era tiepida, eppure, quando mi misi a sedere, tremai. *È stato un tuo prezioso suddito a farci entrare.*

Cosa poteva spingere un mutaforma a contribuire a un attacco contro la propria famiglia? E se uno di loro poteva essere persuaso, come potevamo sapere che non sarebbe successo ad altri?

Non c'era da stupirsi che Nate e gli altri fossero così sconvolti. Era da poco che stavo iniziando a comprendere il legame dell'alfa con la propria famiglia, ma persino io ero inorridita.

Speravo che Nate fosse riuscito a calmarsi e schiarirsi le idee. Forse non capivo del tutto la situazione, ma sapevo abbastanza da realizzare che dovevamo parlare ed elaborare un piano alla luce di quella nuova scoperta.

Come nell'altra tenuta, la mia suite e quelle assegnate agli alfa si trovavano lungo un corridoio separato dal resto della villa, che conduceva a una sala comune privata. Quella lì, però, affacciava su un bosco di sequoie. Un lungo tavolo di legno di quercia si estendeva lungo una parete della stanza, accanto a un buffet ricco di pietanze per la colazione. Dall'altro lato, accanto a una finestra, c'erano poltrone e divanetti.

L'odore di uova fritte e salsicce mi si inacidì in bocca alla vista dei miei alfa riuniti.

Nate era chinato su una delle poltrone, con la testa tra le mani. Marco se ne stava sdraiato su un'altra, da bravo gatto disinvolto – ma io vedevo la tensione che gravava sul suo corpo elegantemente muscoloso. Aaron era in piedi dietro uno dei divani, con le mani strette sullo schienale, come se non potesse sopportare di stare seduto. Alice, come al solito, era dietro di lui accanto alla finestra. E West smise di fare avanti e indietro tra il salottino e il tavolo per guardarmi imbronciato.

"Finalmente ti fai viva," disse. "Adesso possiamo parlare."

Avrei potuto protestare e sottolineare che nessuno si era disturbato a svegliarmi, dicendomi che c'era bisogno di me, ma non ero dell'umore per battibeccare con lui.

"Già, eccomi," salutai camminando verso i divanetti. "Sappiamo qualcosa di nuovo?"

Nate fece no con la testa. Si passò le dita tra i capelli scuri e si raddrizzò, senza guardarmi negli occhi. "Ancora non posso crederci. La mia gente non volta le spalle ai propri simili. Abbiamo accettato di collaborare per il bene reciproco, nonostante le nostre differenze. Sono praticamente le *basi* dell'essere mutaforma eterogenei."

"Chiaramente non è così," ribatté Marco. Forse voleva fare lo spiritoso, ma fallì miseramente. Nate gli lanciò un'occhiataccia.

Quando aprì la bocca per rispondergli, Aaron lo interruppe. "Non si tratta solo della tua famiglia," precisò, con tono secco e più severo del solito. "Anche il gufo che ha attaccato Ren nella mia tenuta era una dei nostri."

Spalancai la bocca. "Cosa? Ma lei–"

Non aveva alcun marchio, volevo dire. Poi il ricordo si fece nitido nella mia mente. La donna che mi aveva assalito indossava dei guanti. All'inizio avevo pensato fosse strano, poi ero stata così distratta dall'attacco e dalla sua storia che non mi ero posta domande.

Ma, dopo aver scoperto che era stata costretta da un gruppo di ribelli che minacciava suo figlio, Aaron era rimasto a parlarci. Era il suo alfa, ovvio che la conoscesse.

Gli occhi di tutti caddero sull'aquila. "E perché mai è la *prima* volta che sentiamo questa storia?" Chiese Marco.

Le mani di Aaron si strinsero sul divano. "Speravo che si trattasse di un incidente isolato," disse con voce roca. "Che i ribelli avessero avuto la fortuna di trovare la mutaforma perfetta da manipolare. Secondo voi *volevo* pensare che un mio familiare non fosse degno di fiducia? Ma adesso mi tocca pensare che nessuno dei nostri sia poi così difficile da reclutare."

Sentii una fitta al cuore. L'alfa dei volatili mi aveva detto che spesso gli altri gruppi guardavano la sua gente dall'alto in basso. Li vedevano come esseri inferiori per via della loro natura. Avrei voluto che mi avesse raccontato tutto, ma l'attentato alla mia vita risaliva *solo* a un giorno prima. La sua riluttanza era comprensibile.

"Tutto questo non ha nulla a che vedere con la lealtà dei mutaforma," s'intromise Alice avvicinandosi a lui. "Ci sono ancora i ribelli dietro. È con loro che dobbiamo prendercela."

"Non lo so," commentò aspramente West. "Quando siamo stati al *mio* villaggio, i ribelli non hanno ricevuto l'aiuto di nessuno. Quindi forse sarebbe il caso di domandarci di chi possiamo fidarci e di chi no."

"È la prima volta che qualcuno mi tradisce in sedici anni di governo," affermò Nate alzandosi in piedi. Lanciò un'occhiataccia al lupo. "E non era mai successo neanche prima di me. Vedremo cosa succederà alla tua tenuta, se mai ci arriveremo. Sempre se non ci caccerete per mettervi a fare gli anarchici, o qualunque altra cosa abbiate in mente."

"Io faccio quello che è meglio per la mia famiglia," sbottò West. "È questo che significa essere fedeli al branco."

"Ehi!" Li interruppi alzando le mani. Mi misi in mezzo a loro, costringendo Nate a fare un passo indietro. Poi fulminai West con lo sguardo. "Abbiamo già abbastanza problemi senza che vi mettiate a lanciarvi frecciatine. D'ora in poi, dovremo stare molto attenti anche nei nostri territori. Tenete gli occhi aperti. Penso che nessuno di noi debba andarsene in giro da solo. Vogliono colpire soprattutto me, ma l'ultima volta hanno ucciso anche gli alfa. Voglio che siamo tutti al sicuro, dai ribelli e l'uno dall'altro."

Guardai anche Nate. Si lasciò cadere sulla poltrona con una smorfia. "Hai ragione. Terrò a bada la rabbia."

West aveva l'aria leggermente contrariata, ma era il massimo che potevo sperare con lui. "E va bene. Hai altri piani brillanti da condividere con noi, Scintilla?"

Oh, grandioso. Un'altra occasione per giudicarmi inadatta. Cercai una risposta sensata. "Il ribelle che abbiamo interrogato ha detto che molti di loro si stanno radunando a sud, giusto? Dobbiamo trovarli e fermarli prima che possano tenderci un'altra imboscata."

"Geniale. Sembra un ottimo piano, ma la parte difficile è il come. Hai qualche idea utile?"

"Ehi, lupacchiotto," esordì Marco dalla sua poltrona. "A cuccia. Se neanche *tu* hai un grande piano, forse dovresti smetterla di criticare tanto la nostra Principessa delle Fiamme." Mi rivolse un sorriso esitante.

"Prima di tutto, dobbiamo scoprire dove si trovano," iniziò Aaron, impedendo a West di aggiungere qualsiasi commento sarcastico. "In parte è colpa mia se non avete capito prima che dobbiamo tenere d'occhio le nostre stesse famiglie, perciò andrò io. Posso perlustrare velocemente l'area in volo, senza attirare attenzioni. Non mi avvicinerò troppo, ma potrò osservare i loro movimenti. Penseranno che io sia un uccello qualunque."

L'angolo della sua bocca si sollevò lievemente. Il senso di colpa era evidente nei suoi luminosi occhi azzurri. Mandai giù un nodo in gola. "Neanche tu devi uscire da solo. Verrò con te."

"Come drago?" Chiese cercando di sembrare delicato. "Serenity, non puoi farti vedere svolazzare in cielo. E poi stai ancora lavorando sulla tua resistenza. Potrebbero volerci ore, perfino giorni, per localizzarli. Ammesso che ci riesca."

Mi accigliai, ma non potevo controbattere in alcun modo. E anche se nulla di ciò che aveva detto fosse stato vero, i ribelli si sarebbero dispersi non appena avessero visto un drago in picchiata. Dovevamo fargli credere che non li avevamo scoperti. Solo così potevamo ribaltare la situazione. Non avremmo mai avuto la meglio se non li avessimo colti di sorpresa.

"*Io* non avrei nessuno di questi problemi," sottolineò Alice. "Non andrai da solo."

Aaron si voltò verso sua sorella. "Voglio che tu resti qui, con Serenity. Ha bisogno di protezione più di me."

"Ci sono già queste tre teste bacate a occuparsi di lei," protestò Alice indicando gli altri alfa. Nate non sembrò colpito dall'insulto, ma le labbra di West si arricciarono in segno di disgusto, e Marco sembrò vagamente offeso.

"Teste bacate che non riescono a stare dieci minuti insieme senza litigare," rispose Aaron con leggerezza. "Immagino che anche lei vorrà prendersi una pausa dai ragazzi, di tanto in tanto. Per favore, Alice. Non ho intenzione di correre rischi inutili. Non affronterò i ribelli, neanche se ne vedrò uno da solo. È una semplice missione di ricognizione."

"Puoi almeno tornare per la notte?" M'intromisi. "Riporterai tutto quello che hai visto, anche se non c'è niente di rilevante. Dovrai pur dormire, prima o poi."

Aaron esitò, poi annuì. "E va bene, non voglio farti preoccupare più del necessario."

Fece il giro del divano per venirmi vicino. Quando mi toccò la guancia, alzai istintivamente il viso verso il suo. Mi diede un bacio fugace, ma nel breve momento in cui le nostre labbra s'incontrarono, tutto quello che volevo era aggrapparmi a lui e impedirgli di lasciarmi. Il suo profumo d'oceano mi avvolse, calmandomi un po' i nervi.

"Ci rivediamo stasera, Serenity," mi salutò guardandomi dritto negli occhi. Sentirgli pronunciare il mio nome per intero con la sua voce pacata mi faceva ancora battere il cuore. Riuscii a lasciarlo andare solo perché sembrava così sicuro di sé.

Alice si avvicinò al mio fianco mentre suo fratello lasciava la stanza. Mi toccò la spalla con fare rassicurante. "Volevo andare con lui perché so che siamo più forti insieme, non perché non credo che possa cavarsela da solo. Si occuperà dei ribelli, se necessario."

"Sì," risposi. Ma se i ribelli in questione fossero stati armati?

Aaron aveva promesso di non avvicinarsi a loro. Se non si fossero accorti che l'aquila che volava sulle loro teste era un mutaforma, non l'avrebbero infastidita, giusto?

Mi sfregai le tempie. "Beh, noi altri non possiamo starcene con le mani in mano ad aspettarlo. Che facciamo nel frattempo?"

"Hanno già organizzato una festa di benvenuto per stasera," annunciò Nate con un filo di voce. "Non volevo annullarla, ma dovremo tenere d'occhio chiunque entri nella tenuta."

"Un motivo in più per restare attaccata a Serenity come colla," disse Alice, cingendo il mio gomito con la mano. La sua stretta era delicata ma decisa.

Un pensiero agghiacciante mi paralizzò. "Saranno le

guardie a controllare chi va e viene, no?" Chiesi. "E se il procione non fosse l'unico traditore?"

Nate s'irrigidì. "Ho scelto le guardie della tenuta con attenzione. Sono persone su cui sapevo di poter contare."

"Una di loro ha già dimostrato che ti sbagliavi," sottolineò West.

"Se scopro che qualcun altro…" Nate non riuscì neanche a finire la frase. Un brontolio frustrato gli rimbombò nel petto.

"Perché non gli parliamo, almeno?" Proposi. "Riesco a intuire piuttosto bene le motivazioni delle persone. Se convocassimo il resto delle guardie e riuscissi a parlare con ognuno di loro, saremmo certi di non doverci preoccupare di nessun altro."

Nate sospirò. "Hai ragione. Posso chiamare chi non è di servizio al momento, così puoi parlarci. Lo faccio subito."

Si spinse in piedi e si diresse verso la porta. Quando feci per seguirlo, West borbottò sottovoce. "Beh, sarà uno spettacolo interessante."

Decisi di non degnarlo neanche di uno sguardo.

5

"Mettetevi in fila lungo il muro," ordinò Nate al gruppo di guardie. Più di venti mutaforma si affrettarono ad allinearsi nell'enorme sala da pranzo.

Aspettai che fossero disposti in ordine davanti alle mattonelle marrone chiaro. Avevano appena finito il proprio turno, e si erano dati il cambio con le guardie che avevo già conosciuto. Per quanto potessi dire, Nate aveva scelto il suo personale davvero bene.

Gli altri alfa erano andati a fare un giro, ma Alice era rimasta lì con noi. Se ne stava appollaiata all'estremità di uno dei grandi tavoli in legno di pino. Il modo in cui i suoi occhi taglienti scrutavano la fila la faceva sembrare un'aquila anche in forma umana.

"Lei è il nostro drago, Serenity Drake," annunciò Nate, alzando la voce per farsi sentire in tutta la stanza.

Pronunciò il mio nome intero con un'esitazione appena percettibile – era troppo abituato al diminutivo che mi faceva sentire più a mio agio. "Essendo la sua prima visita qui, voleva incontrarvi e parlare con voi. In qualità di alfa, so che renderete orgogliosa la vostra famiglia."

Non gli avevamo detto il reale motivo dell'incontro, ma sapevo che si era sparsa la voce dell'interrogatorio con il ribelle. Sapevano che non si trattava solo di una chiacchierata amichevole.

"Ciao," salutai la prima guardia della fila, chinando leggermente la testa per fargli sentire il mio odore. Fece lo stesso anche lui: era un furetto. Ne aveva proprio le sembianze. I suoi occhi scuri, incorniciati da un viso spigoloso, mi scrutarono con diffidenza. Era un osso duro, con le braccia ricoperte di muscoli. "Come ha detto Nate, il mio nome è Serenity, ma preferirei che mi chiamaste Ren."

"Mitchell," rispose. "È un onore conoscerti, mutaforma drago."

Non ne era del tutto convinto – sentivo la sua esitazione. Ma non era una novità; avevo avuto la stessa impressione da circa la metà del gruppo precedente, come se non fossero certi di essere più al sicuro con me in giro.

"Cosa ti ha spinto a offrirti volontario come guardia?" Domandai.

Il suo sguardo scivolò su Nate, e non percepii altro che una calorosa devozione nei suoi confronti. "È il più grande onore essere al servizio del mio alfa. Non potrei desiderare di più che offrire anche il minimo aiuto alla comunità, in suo nome."

Colsi una sfumatura di ciò che non aveva detto nel

tono della sua voce. Dava la colpa a me di quello che era successo lì. Beh, non aveva tutti i torti. I ribelli non avrebbero sferrato il loro attacco se non avessero saputo che stavo arrivando alla tenuta. Non era l'unico ad avermi dato l'impressione di pensarla così.

Certo, alcuni trasudavano comunque quella venerazione nei confronti dei draghi a cui stavo ancora cercando di abituarmi. Un po' più in là nella fila, una mutaforma capra quasi saltellava elettrizzata mentre s'inchinava davanti a me. I suoi occhi brillavano di emozione.

"Ho sentito che ieri sera hai estorto la verità a quel ribelle con le fiamme," disse dopo aver risposto alle mie domande. "Che non è riuscito a fare niente per fermarti! È proprio bello avere di nuovo un drago con noi."

"Sono felice che lo pensi," risposi con un sorriso. Speravo solo di essere all'altezza delle sue aspettative.

Avevo parlato con circa la metà delle guardie quando raggiunsi un topo muschiato che mi salutò con un ampio sorriso. Sembrava affabile, ma nascondeva una lieve irrequietezza che mi rese nervosa.

Lo salutai come avevo fatto con gli altri. Il suo inchino fu un po' esagerato. Mi sarebbe stato simpatico se non fosse stato per quella sensazione di disagio che emanava.

"Il mio nome è Orion," si presentò. "Un nome grande per un piccoletto come me. Mia madre pensava che mi avrebbe reso più potente."

Mi sforzai di sfoggiare un sorriso. "Devi esserlo se il tuo alfa ti ha scelto come guardia."

"Oh, faccio quello che posso. So intrufolarmi

dappertutto e mi tengo in forma con gli squit… Ehm, volevo dire con gli squat." Mi fece l'occhiolino.

Ancora una volta, fui colpita dalla sensazione che non fosse affatto a suo agio come voleva farmi credere con quella scenetta. Voleva che ridessi e passassi al prossimo, e prima l'avessi fatto, più sarebbe stato felice. Ma le emozioni che stava celando con quell'atteggiamento sbarazzino non erano di fastidio o scetticismo.

No, aveva *paura* della mia attenzione. Mmh.

Beh, gli avrei lasciato credere di aver ottenuto quello che voleva. "Ottimo lavoro, continua così," mi congratulai e andai avanti.

Nessuno degli altri mi diede una strana impressione. Quando raggiunsi la fine della fila, vidi che molti di loro si muovevano nervosamente, ansiosi di andarsene. Avevano appena finito un lungo turno di lavoro. Di quel passo, avrei irritato tutti quelli che già non mi vedevano di buon occhio.

Toccai il braccio di Nate e mi chinai verso di lui. "Possono tutti andare, eccetto Orion. Voglio parlargli in privato."

Il suo sguardo si rabbuiò. "Pensi che anche lui sia in combutta con i ribelli?"

"Ancora non lo so," replicai. "Quindi non entrare subito in modalità orso. C'è qualcosa di strano in lui: è diverso da quelli che pensano semplicemente che io causi più problemi di quanti ne risolvo."

Nate si irritò. "Se qualcuno osa dire qualcosa…" Iniziò, ma io gli strinsi il braccio.

"Va tutto bene, non è colpa loro. Vediamo di scoprire cosa c'è che non va nel topo, okay?"

La discrezione non era la migliore qualità di Nate, ma riuscì a trattenerlo senza dare troppo nell'occhio. Si avvicinò alla porta per congedare le guardie. Mentre gli passavano davanti, rilassandosi, lui afferrò il topo muschiato e lo tirò da parte.

"C'è un'altra cosa che vorrei discutere con te," gli comunicò, come se non avesse niente a che fare con me. Un paio di guardie osservarono la scena con curiosità. Anche se ero dall'altra parte della stanza, percepii chiaramente l'agitazione che cresceva in Orion.

Non era per niente felice della piega che stavano prendendo le cose.

Alice saltò giù dal tavolo. "Che ne dite di andare in un posto un po' meno… enorme? Mi sento meglio quando ho dei muri più vicini alle spalle."

"Certo," rispose Nate. "Penso che ci voglia un po' di privacy per questa chiacchierata."

"Io… non capisco," balbettò il mutaforma mentre Nate lo accompagnava verso una porta dall'altro lato del corridoio. "Di cosa si tratta?" Fece attenzione a non guardarmi.

"Lo capiremo quando avremo iniziato a parlare," disse Nate. "Andiamo." Diede al roditore un leggero colpetto sulla testa per spingerlo a camminare. Forse non così leggero, in realtà. Il piccoletto trasalì.

Orion era stato bravo a recitare la parte del buffone, in fila con le altre guardie, ma più ci avvicinavamo alla stanza più la sua tensione era evidente. Si passò una mano tra gli ispidi capelli neri, digrignando i denti. Quando Nate aprì la porta alla fine del corridoio e gli fece cenno di entrare, esitò per un attimo, poi obbedì.

Io li seguii, guardandomi attorno in approvazione. La sala che aveva scelto non aveva nulla di una fredda stanza per gli interrogatori. Sembrava più uno studio: c'erano scaffali a muro pieni di libri e faldoni, una scrivania e tre sedie in pelle. Alice, a cui sembrava piacere osservare le cose dall'alto, si sedette sul bordo della scrivania. Noi altri occupammo le sedie.

Orion si torceva le mani in grembo. Il suo sguardo saettò su di me per poi posarsi di nuovo sul suo alfa.

"Dovete sapere," prese a parlare con voce forzata, "che non avevo idea dell'attacco che si stava per compiere. Non ho fatto nulla che potesse minacciare la sicurezza della tenuta o della famiglia. Non lo farei *mai*."

"*Pensavo* di saperlo," rispose Nate a bassa voce. "Ma dopo quello che è successo, sicuramente capirai che dobbiamo avere la massima certezza su ognuno di voi. Se c'è qualcosa che ti turba, puoi dircelo."

Non mi ero lasciata sfuggire il modo in cui Orion aveva scelto le sue parole. Le aveva decise con molta attenzione. Non sapeva dell'attacco, e non aveva fatto nulla per ferire la propria famiglia. Rimanevano un sacco di altre cose che avrebbe potuto sapere o fare – o che avrebbe potuto *voler* fare.

"Orion," dissi il più dolcemente possibile, "è ovvio che ti abbiamo trattenuto per un motivo. *Qualcosa* ti tormenta. Qualcosa che non era un problema per le altre guardie. Non so se l'hai capito, ma una delle abilità dei draghi è percepire le emozioni e le motivazioni delle persone. So che ti spavento. Voglio solo sapere cos'hai paura che faccia."

S'inumidì le labbra. "Non è normale essere un po'

nervosi di fronte a qualcuno che può trasformarsi in una creatura mitica infinitamente più grande di te?"

Accidenti, mi fece sorridere di nuovo. "Il mio drago non è poi così enorme. E in realtà, da ciò che ho visto, la tua reazione non è stata normale. La maggior parte delle persone con cui ho parlato sa che il mio compito è proteggervi. Sono dalla tua parte: siamo alleati, non nemici. A meno che tu non abbia fatto qualcosa che ci renderebbe tali."

Il mutaforma si guardò le mani. Le sue unghie avevano i bordi frastagliati, come se le avesse rosicchiate. Fece una smorfia. "Non ho fatto niente," ripeté.

"Ma forse ci stavi pensando?" Suggerii. "Se i ribelli sono arrivati a Keith, di certo hanno cercato di reclutare anche altre guardie. Forse ci hai parlato, o hai pensato di fare qualcosa per loro."

Le sue spalle si tesero. Non c'era bisogno che rispondesse, il senso di colpa era scritto a caratteri cubitali sul suo volto.

Era così evidente che anche Nate se ne accorse e si alzò in piedi, torreggiando su di lui. La sua voce venne fuori in un ringhio.

"Se hai avuto il minimo contatto con i ribelli…"

Sollevai una mano, e Nate ingoiò il resto della sua minaccia con un lamento.

"Diccelo e basta," ordinai a Orion. "Capiremo la verità, in un modo o nell'altro. Se davvero sei fedele alla tua famiglia e al tuo alfa, allora, dopo quello che hanno fatto, dovresti sapere che aiutarli va contro tutto ciò che dovresti difendere."

"Volevo solo sapere cos'avevano da dire," finalmente

Orion sputò il rospo. "Alcune delle loro idee… sembravano poter migliorare le cose per tutti i mutaforma, non soltanto per loro."

Richiuse la bocca di scatto, come se avesse detto più di quanto avrebbe voluto. Le sue dita affondarono nel cuscino della sedia.

"Okay," dissi. "Ad esempio? Anch'io voglio che le cose migliorino per tutti."

Orion mi rivolse uno sguardo spaventato. Percepii anche il suo timore. "No," sottolineai, "probabilmente non mi piacerà la tua risposta, ma voglio sentirla comunque. Giuro sul mio sangue di drago che non ti punirò solo per aver condiviso i tuoi pensieri. Va bene?"

La convinzione del mio giuramento sembrò spingerlo a parlare. "Ancora non so a cosa credere," spiegò. "Dovevo prima incontrarti, vedere coi miei occhi… Loro dicono che non dovremmo essere governati da una mutaforma che non ha legami con nessuno della nostra specie. Che…" I suoi occhi caddero su Nate. "Che forse i nostri alfa dovrebbero concentrarsi più su di noi che sul fare felici gli altri gruppi."

"Che non ha *legami* con nessuno della nostra specie?" Ripeté Nate sbigottito. "La donna che stai guardando è la figlia dell'alfa che ha governato la nostra famiglia prima di me. Dannazione, Orion, noi non ce l'*abbiamo* neanche una specie. È già un miracolo se apparteniamo ai principali tipi di mutaforma. E tu eri pronto a vedere del sangue versato–"

"No!" Orion protestò con uno squittio. "Te l'ho detto, non lo sapevo… Non avrei mai voluto–"

"Ascoltami bene…" Cominciò Nate afferrandolo per la

camicia. Sprigionò una violenta ondata di energia – era sul punto di trasformarsi. Persino io saltai in piedi. Non era così che volevo andasse quella conversazione.

Spinsi Nate all'indietro con una mano sulla spalla. La sua rabbia mi travolse, ma la sua espressione si addolcì quando incontrò i miei occhi.

"Va tutto bene," cercai di calmarlo. "Ho voluto io queste risposte, sono in grado di gestirle. Forse potresti aspettare fuori per qualche minuto? Penso sia meglio che parli con Orion da sola." Senza l'ira di un'alfa tra i piedi.

Nate mollò la presa sulla camicia e il mutaforma ratto si rimpicciolì sulla sedia. Il mio alfa lasciò cadere i pugni lungo i fianchi, riaprendo le mani. "Non possiamo fidarci di lui. Non voglio lasciarti da sola con questo traditore."

"Non ha ancora tradito nessuno," precisai. "E poi posso trasformarmi in drago, ricordi? Direi che posso gestire un ratto."

"Scommetto di sì," intervenne Alice. Si avvicinò a Orion e gli fece cenno di alzarsi. "In piedi. Devo controllare che tu non abbia armi."

Rimase rigido mentre veniva perquisito, poi lei fece un passo indietro, piantandosi le mani sui fianchi. "È a posto. Andiamo, signor Orso. Cosa potrebbe fare, picchiarla con i libri? Aspetteremo fuori dalla porta." Mi guardò con un sopracciglio alzato. "Se ti serve aiuto, grida."

Nate brontolò senza dire niente, ma la seguì all'esterno. Quando la porta si chiuse con un tonfo alle loro spalle, Orion sprofondò nella sua sedia. Mi sedetti anch'io. Mi guardò con occhi improvvisamente vuoti e senza speranza.

"Adesso userai le tue fiamme su di me?" Chiese. "Come hai fatto con il ribelle che è stato catturato?"

Oh. Finalmente capii di cosa aveva paura.

Mi chinai in avanti. "Non ne avevo intenzione, ma lo farò se costretta. Non fa male – non molto, almeno. Non abbastanza da ucciderti." Non sembrò confortato dalle mie parole. "L'ho fatto solo perché il tuo amico non era disposto a dirci nulla. La cosa che conta di più, per me, è proteggere la comunità. Nessun altro deve morire finché ci sono io."

Orion si strofinò la bocca. "Non è mio amico," rispose. "Non mi alleerei mai con qualcuno capace di quello che hanno fatto."

"Ma non sei sicuro di voler voltare completamente le spalle ai ribelli," commentai leggendo il linguaggio del suo corpo. "Pensi ancora che potrebbero aver ragione. Su di me."

Trattenne un respiro affannato. "Non abbiamo la guida di un drago da quando avevo cinque anni, e ti ho conosciuta solo mezz'ora fa. Non lo so."

Ma voleva fidarsi. Lo sentivo, nonostante l'incertezza e la paura. *Voleva* che lo convincessi a credere in me. Così come forse aveva sperato che i ribelli gli offrissero una guida, quando aveva preso in considerazione le loro idee.

Non sapevo come riuscirci. L'idea migliore che mi venne fu di essere onesta.

"Posso confidarti un segreto, Orion?" Domandai.

La sua espressione si fece perplessa. "Okay."

Feci un respiro profondo. Sentivo un peso schiacciarmi il petto, ma riuscii a tirare fuori le parole. "Mi sono preoccupata anch'io di tutte le cose che hai detto. Mi sono chiesta se potessi davvero aiutarvi, se essere qui avrebbe cambiato le cose in meglio o in peggio. E sto ancora cercando di capirlo. Un mese fa non sapevo neanche di essere un drago, né che esistessero i mutaforma."

Orion mi fissò come se non riuscisse a immaginare di non sapere della propria natura. Probabilmente non ci riusciva davvero. "Ma tu dovresti guidarci tutti."

"Già," risposi. "E qui c'è l'intoppo, non è così? Ma posso assicurarti una cosa: farò tutto ciò che posso per imparare e accettare il mio ruolo il più in fretta possibile. Quello che so è che *voglio* essere il drago di cui tutti voi avete bisogno. Farò qualunque cosa, a qualunque costo, per vedervi felici e al sicuro. E da quello che ho visto, i ribelli vogliono l'esatto contrario. Saranno ben felici di mentirti per poterti usare, ma guarda come hanno trattato il tuo collega. Lui li ha aiutati, e loro l'hanno ucciso per proteggere loro stessi. Forse ancora non ti fidi di me, ma devi capire che non puoi fidarti di loro."

Chinò il capo. Quando parlò, la sua voce era tranquilla. "Quindi cosa vuoi da me?"

Bella domanda. Ci pensai per un attimo. "Voglio sapere tutto quello che hai scoperto sui ribelli e sui loro piani, per assicurarmi che quello che è successo qui non si ripeta."

Annuì. "Non posso dirti molto. Per avere informazioni, avrei dovuto dimostrare che mi sarei alleato a loro. Ci hanno avvicinati mentre perlustravamo l'area al di fuori delle mura, quando ci siamo ritrovati per un attimo da soli. Credo che avessero mandato qualcuno a sorvegliare la zona apposta, ma adesso saranno andati via. Io ho parlato con un mutaforma volpe."

"E in che modo avresti dovuto contattarli per fargli sapere che ti univi a loro?"

"Non ne sono sicuro." Allargò le braccia. "Hanno detto che sarebbero stati loro a contattare me. Non so come."

"Ma se lo facessero adesso, ci avvertiresti?"

Sollevò la testa. "Sì," rispose. "Andrei dritto dal mio alfa."

Valutai l'onestà delle sue parole. Sentivo ancora l'incertezza e la paura, ma era anche sconvolto dalle azioni dei ribelli. Non aveva fatto ancora nulla per farci del male.

Forse, per fidarsi di me, aveva bisogno che anch'io mi fidassi di lui.

6

Nate

La voce di Orion rimbombava tra le anguste pareti della cella. "Ma ho collaborato!" Protestò la mia ex guardia mentre gli veniva somministrato un tranquillante. "Ho risposto alle sue domande. Non ho fatto niente di male!"

"Hai parlato con dei mutaforma pur sapendo che vogliono distruggerci," risposi, trattenendo a stento la rabbia. "Non mi hai detto cosa stava succedendo. Hai addirittura considerato l'idea di stare dalla loro parte. Ritieniti fortunato che il nostro drago sia indulgente, perché credimi, vorrei farti molto di peggio."

Il mutaforma ratto aprì la bocca come per ribellarsi ancora, ma la droga stava già facendo effetto. Le sue labbra tremolarono, poi si accasciò. La guardia che lo teneva fermo lo lasciò cadere sulla panca, voltandosi verso di me. "Devo incatenarlo?"

Scossi la testa. "Se si riprendesse abbastanza da trasformarsi, le catene non lo tratterranno. Assicuratevi solo che sia sufficientemente sedato fin quando non deciderò cosa farne."

Mi rispose con un cenno deciso e lanciò un'ultima occhiata di sdegno all'ex collega. Con un sospiro, uscì dalla stanza. Il nostro aspirante traditore non sarebbe andato da nessuna parte tanto presto.

M'incamminai lungo il corridoio con i muscoli in preda al prurito. Avevo un bisogno disperato di trasformarmi. Di liberare il mio orso e dare in escandescenza, graffiando il pavimento, prendendo a pugni i muri, sfogando ogni briciolo di frustrazione che ribolliva dentro di me dalla sera prima.

Ma non ero un semplice animale. Sapevo che tramutarmi in una bestia furiosa non sarebbe stato d'aiuto.

"Sta bene, signore?" Mi domandò la guardia.

"Sì," risposi. "Torna pure al tuo lavoro. E grazie."

No, non stavo affatto bene. Avevo giudicato male i miei stessi simili. Avevo trascinato la mia nuova compagna – quella che avevo aspettato per anni – nel peggiore dei pericoli. Non potevo neanche prometterle di essere al sicuro tra le mura della mia tenuta.

Avrebbe dovuto aspettare con ansia le grandi celebrazioni di quella sera. Doveva essere una festa ancora più indimenticabile di quella dei volatili. E invece eravamo costretti a contenere il numero di ospiti e perquisirli per assicurarci che fossero disarmati, in un clima d'inquietudine. Ormai erano tutti in apprensione dopo l'attacco, e la voce si era diffusa in tutta l'area.

Dovevamo fermare a tutti i costi quei ribelli. Forse avremmo dovuto farlo prima ancora di trovare Ren.

Nel corso degli anni era diventato facile ignorare il problema. Dopo gli omicidi degli alfa precedenti, ero stato troppo impegnato a imparare tutto sul mio ruolo per proporre un contrattacco. Alcune delle vecchie guardie avevano cercato di trovare quanti più ribelli possibili, ma i responsabili si erano nascosti. E da allora non avevano creato molti problemi.

Forse perché pensavano di aver ottenuto quello che volevano.

Vagai per i corridoi di casa mia, non del tutto consapevole di dove stessi andando. Avevo solo bisogno di muovermi. Mi fermai quando vidi uno dei miei assistenti sbucare da un angolo.

"Vernon," lo chiamai. "L'alfa dei volatili è tornato? Aaron?"

Il mutaforma panda sbatté gli enormi occhi rotondi. "Non che io sappia, signore. Posso chiedere, nel caso mi sia sfuggito il suo arrivo."

Feci segno di no con la mano. Se l'alfa fosse tornato, sicuramente avrei sentito qualcosa. "Non fa niente. Ma se dovessi vederlo, fammelo sapere."

Proseguii, facendomi trascinare dai miei piedi verso l'ala di residenza dei consiglieri – là dove si era consumato il più brutale degli agguati. I miei uomini si erano affrettati a ripulire il più rapidamente possibile, ma un foro di proiettile perforava ancora una parete. Sul pavimento c'erano graffi che nessuna lucidatura avrebbe cancellato.

Strinsi i denti, bussando alla prima porta alla mia destra.

Yvonne la aprì un attimo dopo. L'elegante mutaforma cavallo era stata una delle prime consigliere dell'ex alfa a prendermi sotto la sua ala, quando ero poco più che un ragazzo. I suoi capelli argentati erano raccolti nella solita treccia, ma i suoi occhi sembravano più stanchi del solito. Pesanti di dolore.

"Mio alfa," disse con un piccolo inchino del capo. "Cosa ti porta qui?"

"Volevo solo controllare come stavi."

"Beh, sempre allo stesso modo. Vuoi entrare?"

Accettai. Yvonne non l'avrebbe chiesto se avesse voluto restare da sola, neanche se ero il suo alfa.

Il salotto all'ingresso dei suoi alloggi aveva lo stesso profumo di quando ero ragazzo – sapeva di trifoglio e raggi di sole. Il tavolino che si trovava tra i due divani bassi, però, non c'era più. Mi resi conto con una stretta allo stomaco del perché. Doveva essersi danneggiato durante la lotta.

"Se vuoi cambiare stanze, ci sono un paio di suite libere," dissi.

Yvonne scosse la testa. "Abbiamo vissuto qui per trent'anni, e ci resterò finché non ti servirò più come consigliera."

"Beh, quel giorno non arriverà mai." Le rivolsi un sorriso esitante. Il fatto che riuscì a ricambiarlo mi rassicurò un po'. Cercai di cambiare argomento. "Cosa ne pensi del nostro mutaforma drago?"

"Oh, è una tosta, non è così?" Il suo sorriso si allargò, anche se sembrava un po' amareggiato. "Dice che metterà fine alla guerra con i ribelli. È davvero pronta per quello che l'aspetta?"

Per quanto Yvonne fosse importante per me, quella domanda mi irritò. "Ren ha affrontato più problemi nelle ultime settimane di quanti la maggior parte di noi ne debba affrontare in una vita intera. E direi che se l'è cavata alla grande."

"Ehi." La mutaforma mi diede una pacca sul braccio. "Non volevo dire nulla di male. È ovvio che sostieni la tua compagna. Intendevo solo che la pressione su di lei non farà altro che crescere. Non ha ricevuto alcun addestramento, e non ha avuto neanche il tempo per prepararsi mentalmente a quello che dovrà affrontare. Spero che riesca a tenere duro, ma sarebbe difficile per chiunque di noi."

"Esatto," risposi. Ricordando l'atteggiamento scostante che alcune delle mie guardie avevano riservato a Ren, la rabbia incrinò leggermente la mia voce. "Non è giusto che sia stata trascinata nel nostro mondo quando la comunità è nel caos più totale. Ma troveremo una soluzione, noi cinque insieme. Siamo stati addestrati apposta. Nessuno dovrebbe metterlo in dubbio."

Yvonne mi guardò con i suoi occhi limpidi e tristi. "A volte credo che la mente umana ci sia stata donata perché possiamo mettere in dubbio ciò che ci circonda. O addirittura le persone che sono qui per mostrarci la via."

Ren

"Gli ospiti stanno iniziando ad arrivare," annunciò Alice. "Vuoi andare a vedere?"

Stavo camminando avanti e indietro per il mio salotto, cercando di capire se mi fosse sfuggito qualcosa con Orion. Come potevo fare per convincerlo del tutto?

Doveva esserci un modo per essere assolutamente certa di averlo riportato dalla nostra parte.

Fuori dalla finestra il sole era ancora alto sugli alberi. "Pensavo che la festa di benvenuto fosse stasera."

Alice scrollò le spalle. "A quanto pare più i mutaforma di una stessa famiglia sono diversi tra loro, più lo è anche il loro senso del tempo." Sorrise per la battuta. "Ho solo pensato che ti facesse bene distrarti."

Già, forse aveva ragione. Sospirai e raddrizzai la schiena; non ero sicura che incontrare un altro mucchio di sconosciuti – mutaforma che non mi apprezzavano neanche la metà di quelli delle altre specie che avevo conosciuto – fosse il tipo di distrazione che volevo. Ma non c'erano molte alternative.

"Forse sarebbe meglio indossare qualcosa di più elegante," commentai guardando i jeans e la maglietta che avevo indossato quella mattina. Avevo già dato un'occhiata a tutti gli armadi della suite del drago. Ce n'era uno pieno di vestiti casual, grazie a Dio, ma gli altri erano quasi tutti abiti formali ed eleganti che, a quanto pareva, i mutaforma apprezzavano addosso a me e agli altri alfa.

Avevo già messo gli occhi su un vestito: era di raso

lungo fino alle caviglie, di una tonalità indaco così profonda da essere quasi nera. Non mi sembrava il momento giusto per qualcosa di più appariscente. Frugai tra le grucce per trovarlo e mi spogliai per indossarlo.

"Ci sono novità di Aaron?" Domandai a sua sorella mentre lisciavo il tessuto sulle mie gambe. Anche se la famiglia di Nate non era del tutto convinta che fossi adatta come leader dei mutaforma, avrebbero dovuto ammettere che almeno ne vestivo i panni alla perfezione.

Alice si acciglio. "Ancora nulla. Ma ha ancora qualche ora prima che decida di staccargli la testa a morsi. Avrebbe dovuto lasciare che andassi con lui. Non che mi dispiaccia stare qui con te, ma da quello che ho visto sai cavartela benissimo anche da sola."

"Ehi, sono d'accordo con te," risposi. "Immagino che *due* aquile dorate che volano insieme avrebbero dato un po' nell'occhio, però."

Alice sorrise. "Non tanto quanto un drago."

"Okay, okay, quella era un'idea stupida. Lo ammetto. Ma ora ne ho una molto migliore." Annusai l'aria. "Qualcuno sta arrostendo del pollo. Un pollo molto, molto saporito. Che ne dici di andare a recuperarne un po'?"

"Ci sto."

Il mio cuore iniziò a battere un po' più forte mentre ci dirigevamo verso l'ingresso principale della casa. Volevo sbirciare fuori prima di uscire, solo per vedere a cosa andavo incontro, ma non mi sembrava affatto una mossa da leader. Squadrando le spalle, aprii la porta e mi avviai verso il cortile, come se nessuna delle persone presenti potesse turbarmi.

Alice aveva ragione. Decine di mutaforma erano già radunate sulle piastrelle di argilla del cortile, e non mi sembrava di aver mai visto quasi nessuno di loro nella tenuta. Si girarono tutti a guardarmi mentre scendevo i gradini. Molti volti s'illuminarono, compensando lo sguardo preoccupato degli altri.

A essere onesti, l'atmosfera non sembrava affatto allegra. Beh, sarebbe stato difficile festeggiare con il pensiero di quattro morti e diversi feriti che aleggiava sulla tenuta.

"Ciao," salutai, avvicinandomi a un piccolo gruppo di mutaforma orsi che sembravano felici di vedermi. "Io sono Ren. Credo che lo scopo di questo raduno sia presentarmi a tutti voi, quindi... eccomi qui!"

Una delle donne mi toccò il braccio con mano leggermente tremante. "Ne hai passate tante per arrivare fin qui," disse. "Sono felice che siamo riusciti a venire per accoglierti come si deve."

Il ragazzo dietro di lei si avvicinò chinandosi come per condividere un segreto. "La gente dice che hai un fuoco più potente di quello dei draghi precedenti. Un tipo diverso."

"È vero," cominciai a spiegare. Un'altra donna rise di gusto.

"Possiamo far bruciare all'inferno quei maledetti ribelli. È lì che dovrebbero stare," esclamò compiaciuta.

Okay, la conversazione aveva preso una piega più aggressiva di quella che speravo. "Me ne occuperò come meglio posso," conclusi, girandomi per cercare qualcun altro a cui presentarmi.

Quando Alice e io arrivammo al tavolo del rinfresco,

ero già sopravvissuta a una miriade di domande sul mio fuoco speciale, a più sguardi scettici di quanti ne potessi contare e a qualche vera e propria occhiataccia. Almeno con quelle avevo fatto molta pratica, grazie a West. Non avevo più molta fame, ma presi un bicchiere di vino.

Ma dov'erano i miei alfa? Nate probabilmente aveva altre faccende da sbrigare, e Aaron era fuori per la sua missione di ricognizione, ma gli altri due dovevano essere in giro da qualche parte.

Non aveva importanza, in realtà. Volevo solo una scusa per riprendere fiato. Mi avventurai dall'altro lato della villa, con Alice al seguito.

I giardini della tenuta erano fatti per lo più di siepi spinose punteggiate di fiori e intervallate da cactus ancora più spinosi. La vegetazione di per sé era bella, con un profumo acre, ma dovevo stare attenta a non toccare niente.

"Non hanno proprio scelto i fiori più accoglienti, vero?" Sottolineò Alice, puntando la coscia di pollo che aveva in mano verso un cactus.

"Almeno così le persone sanno che non si scherza con questa famiglia," risposi.

Sentii qualcuno parlare più avanti. Rallentai, drizzando le orecchie.

Un muro dagli stessi mattoni che adornavano la casa si estendeva fino ai giardini. Le voci provenivano da oltre una porta ad arco. Mi avvicinai di soppiatto e sbirciai.

La porta conduceva in un cortile più piccolo, con al centro un gazebo circondato da un fossato di acqua scrosciante.

Marco era appoggiato a una delle colonne di marmo

vicino al fossato, con un bicchiere tra le mani e gli occhi socchiusi nella sua tipica espressione imperturbabile. Un gruppetto di mutaforma – che avevo già visto tra le guardie di Nate – era disposto in semicerchio intorno a lui. La loro posa trasudava spavalderia.

"È tutto ciò che hai da dire in tua difesa, gatto?" Disse una delle guardie. "Ma guardati. Pensi ancora di essere migliore di noi, non è così?"

"Ho il massimo rispetto per tutte le famiglie," rispose Marco con tono pacato. "Tranne per chiunque si allei con i ribelli, naturalmente."

Una donna fece un passo verso di lui. "I tuoi simili ci hanno sempre guardato dall'alto in basso. Non siamo ciechi. Ma ora è il drago che guarda dall'alto in basso te, vero? Ha preferito il nostro alfa come suo compagno ufficiale. Non ti degna di uno sguardo."

Quell'affermazione mi diede sui nervi, sia perché era del tutto inappropriata, sia per la paura di come avrebbe potuto reagire Marco. L'ultima volta che i suoi stessi uomini lo avevano importunato riguardo alla nostra relazione, lui li aveva zittiti con una serie di sbruffonate su quanto facilmente mi avrebbe conquistata col suo fascino, portando a termine il 'lavoro'.

Stavo quasi per varcare l'arco e porre fine a quel confronto. Non volevo sentire di nuovo altre cose del genere, ma la voce calma di Marco mi fermò.

"Serenity fa le sue scelte come meglio crede. Non sono così arrogante da pensare di saperne più di un drago." Rivolse ai suoi disturbatori un flebile sorriso.

"Oh, povero gattino," disse uno di loro. "È

completamente schiavo della sua compagna, anche se lei non lo vuole."

Marco ridacchiò. "Preferisco essere suo schiavo che finire con qualunque sia la feccia che corteggi tu."

Il volto del ragazzo si fece paonazzo. "Stammi a sentire–"

"Ehi," lo interruppe la guardia accanto a lui. "Lo abbiamo infastidito abbastanza. Il nostro alfa sta per arrivare. Lasciamolo a 'godersi' la sua solitudine."

Il tizio sbuffò, ma i tre si allontanarono nella direzione opposta. Marco alzò gli occhi al cielo, guardandoli andare via.

Non sembrava neanche turbato. Aveva sopportato tutti quei commenti senza battere ciglio, anche se avevano sicuramente ferito il suo orgoglio. E invece sembrava solo fiero di *me*.

Deglutii a fatica, voltandomi verso Alice. "Mi dai qualche minuto? Sarò con uno degli alfa, non preoccuparti."

"Certo," rispose lei. "Se hai bisogno di me, dopo, fammi un fischio."

S'incamminò verso la festa e io varcai la porta. Quando Marco mi vide, squadrò le spalle. I suoi occhi indaco, quasi dello stesso colore del mio vestito, s'illuminarono quando mi osservò.

"Ma guardati, sei uno spettacolo." Mi fece un sorriso sghembo. "Non dovresti essere in giro a socializzare con il tuo pubblico adorante?"

Mi lasciai scappare un verso di disappunto. "Non sono tutti così adoranti. Il che non è un problema, perché anche quello è estenuante. Stavo solo facendo una pausa, per dosare i miei sforzi."

"Una saggia decisione." Mi guardò con quel pizzico di esitazione che avevo già percepito altre volte. "Posso fare qualcosa per te, Principessa delle Fiamme?"

"Possiamo… parlare?" Domandai.

Il suo sorriso si ammorbidì. "Penso che si possa fare. Guarda, c'è un comodo gazebo proprio qui."

Mi offrì la mano e mi condusse su per i gradini. Quando si sedette su una delle panche all'interno, presi posto accanto a lui. La sua vicinanza non mi mise in agitazione come ormai succedeva in quei giorni. Avevamo ancora molta strada da fare, e lui ovviamente lo sapeva. Ma stava cercando di rimediare agli errori commessi, anche quando non aveva idea che lo stessi osservando.

Dato che quella volta non mi sentivo tesa, fu impossibile ignorare il calore del suo corpo accanto al mio. Il legame mi spingeva ancora di più verso di lui. Strinsi le dita intorno al bordo della panchina.

"Volevo chiederti… Le cose che hai detto – beh, che ho sentito per caso… Il modo in cui hai parlato di me… Insomma, hai detto che hai dovuto imparare a non mostrare debolezze di fronte ai tuoi simili. Com'è stato quando sei diventato alfa? Prima che entrassi in scena io, voglio dire."

Marco inspirò bruscamente. "Principessa, non c'è bisogno che ti racconti queste cose. E non ti insulterò cercando di giustificare quello che ho detto."

La sua mano era ancora sulla mia. La strinsi, intrecciando le dita alle sue. "Te lo sto chiedendo perché voglio saperlo. Non ti stai giustificando: mi stai rendendo partecipe di cose che non ho potuto vedere coi miei occhi."

"Beh," rimase in silenzio per un momento. "Sai che i gatti hanno un certo carattere, e questo vale per tutti i mutaforma felini. Abbiamo sempre avuto problemi con l'autorità, quindi essere alfa richiede un certo atteggiamento… distaccato, oltre che fiducia in se stessi. Bisogna dare spettacolo. Credo di essermela cavata piuttosto bene, anche se ho affrontato decine di sfide da quando sono diventato maggiorenne. Ma sarebbero state molte di più se mi fossi mostrato debole."

"Oh," risposi. Quanti anni aveva passato in quella situazione? Cinque? E aveva già dovuto lottare più di dieci volte per mantenere la sua posizione. "A me sembrano comunque tante." Il mio sguardo cadde sulla cicatrice che gli solcava il sopracciglio. Alzai l'altra mano per sfiorarne il contorno pallido. "Questa te la sei fatta in uno di quei combattimenti?"

"L'unico che ho quasi perso." Serrò le labbra, ma fece spallucce. "Lottare non è stato divertente, ma è così che funzionano le cose. Mi sono abituato a fare il presuntuoso di fronte a qualsiasi critica. Non è un buon motivo per insultarti, però."

Lo guardai negli occhi. "No. Ma il fatto che non ti abbia accolto completamente come mio compagno… fa sì che i tuoi simili non abbiano fiducia in te. Non possono neanche avere figli finché non stiamo insieme." Il senso di colpa s'impadronì del mio stomaco. Nessun mutaforma poteva concepire finché il proprio alfa non avesse avuto una compagna. Più rimandavo con Marco e West, più la loro gente rimaneva sterile. "È comprensibile che fossi arrabbiato perché non sono ancora disposta a suggellare il legame."

Marco sgranò gli occhi come se fosse sinceramente sorpreso. "Cosa? No." Abbassò la voce. "Voglio dire, non vedo l'ora che arrivi quel momento… ammesso che arrivi. Ma ho sempre saputo che dovevo esserne degno, e chiaramente non lo sono ancora."

"Ma se davvero fa tutta questa differenza—"

"*No*," disse con fermezza voltandosi di più verso di me. Lasciò andare la mia mano per accarezzarmi la guancia, incrociando i miei occhi. "Ren, sai cosa ho capito negli ultimi due giorni? Sentendomi così distante da te, osservandoti mentre trovi la tua strada? Che se potessi dare questa dannata posizione di alfa a qualcun altro per avere solo te, accetterei in un batter d'occhio. Non ho mai voluto il potere tanto quanto voglio guadagnarmi il mio posto al tuo fianco. Vorrei potertelo dimostrare con qualcosa di più che delle semplici parole."

Il mio cuore martellava nel petto, ma non per il nervosismo. Le sue dita sulla mia guancia scatenavano la passione in tutto il mio corpo. Il suo calore mi sciolse la lingua.

"Puoi farlo," risposi. "Mostrami quanto mi vuoi."

La lussuria avvampò nei suoi occhi. "Principessa," sussurrò, con tanto desiderio da incendiarmi la pelle. Chinò la testa e mi baciò.

All'inizio fu lento e delicato. La sua bocca era dolce sulla mia, il suo profumo speziato mi avvolgeva. Ma non era abbastanza per soddisfarmi. Lo afferrai per la camicia e lo tirai più vicino.

Con un gemito, mi baciò più forte. Schiusi le labbra,

accogliendolo, e la sua lingua prese a esplorarmi la bocca. La sua mano libera scivolò sul mio fianco, e il suo pollice iniziò a disegnare deliziosi cerchi sempre più vicino ai miei seni coperti, mentre un bacio sfociava in un altro.

Era meraviglioso. Così bello che l'impeto del piacere cominciò a trasportarmi altrove. Mi mancò il respiro per l'euforia. Non avevo intenzione di… Davvero volevo…

Marco si allontanò da me con il respiro affannato. Le sue mani rimasero su di me, una sulla guancia e una sotto i miei seni, ma lui mi guardò negli occhi.

"Non sei pronta," disse. "Non davvero. Mi ci vorrà di più per dimostrarti che ti merito in tutti i modi possibili. Ma lo farò, te lo prometto."

Le mie mani stringevano ancora la sua camicia. Le lasciai cadere. "Marco, io–"

"Va tutto bene, principessa." Mi diede un ultimo bacio – un tocco fugace delle labbra. "Non ho intenzione d'implorarti, ma neanche di fartene una colpa. Quando mi sarò guadagnato il mio posto e sarai sicura di me, vieni a cercarmi."

7

Allora, cosa stai aspettando esattamente? Diceva l'ultimo messaggio di Kylie. *Muoviti a far tuoi quei fusti e goditeli!*

Scossi la testa sorridendo, anche se non poteva vedermi. Di sicuro avrei voluto che fosse facile come la faceva sembrare lei. *Ho fatto progressi. Ho due compagni ufficiali adesso.*

Wow! Ora sì che ragioniamo. Chi è stato il secondo? Nate o Marco? O sei riuscita a scongelare il lupo di ghiaccio?

Scoppiai a ridere, lasciandomi cadere sul letto. Il lupo di ghiaccio. Già, quella sì che era una definizione adatta a West. A eccezione delle rare occasioni in cui diventava improvvisamente bollente.

Nate, risposi. *Le cose sono ancora un po' tese con gli altri due.* Anche se con Marco erano migliorate dopo la conversazione di quel pomeriggio. Non era ancora abbastanza per rimediare al modo insensibile in cui aveva parlato di me, ma avevamo fatto passi avanti. Non ero sicura di potermi fidare completamente di lui – o delle reazioni del mio corpo quando mi stava vicino – finché non avessi visto come si sarebbe comportato tra la sua gente.

E com'è stato? La regola del non vantarsi delle proprie conquiste non vale tra migliori amiche, lo sai.

Non per Kylie, sicuramente. Ma c'era un limite alle cose che volevo raccontare per iscritto.

È stato bello. Molto bello. Direi che sta iniziando a piacermi questa storia dei compagni.

Oh, mia piccola Ren. Sei diventata grande.

Storsi il naso a quel messaggio, ma non potevo certo biasimarla. Non ero mai andata fino in fondo con un ragazzo da quando mi conosceva. Anche quando ancora non sapevo di essere un drago, qualcosa dentro di me mi chiedeva di aspettare i miei compagni predestinati. Una sensazione di artigli che mi graffiavano nel petto mi fermava ogni volta che mi lasciavo andare con qualcuno.

Ma ero contenta che fosse andata così. Preferivo perfino West a tutti i ragazzi e gli uomini che avevo incontrato nella mia vita.

Sentii bussare alla porta. La voce profonda di Nate mi chiamò: "Sei pronta ad andare, Ren?"

"Quasi," risposi spingendomi in piedi. "Puoi entrare." *È ora della festa*, scrissi a Kylie. *Ci sentiamo più tardi.*

Raggiunsi Nate in salotto. Era impossibile non fissare i suoi muscoli imponenti in quell'abito elegante. Io indossavo ancora il vestito del pomeriggio. Dopo una breve fuga dalla folla crescente, mi sentivo pronta ad affrontare i veri festeggiamenti. Mi ero allenata abbastanza.

Gli occhi di Nate brillarono di desiderio mentre mi guardava. Mi cinse le spalle con un braccio muscoloso per stringermi a lui. Chiusi gli occhi e mi abbandonai al suo bacio. Sembrava più rilassato, la sua dolce corazza celava meno rabbia. Ma sapevo che, se qualcuno mi avesse minacciata di nuovo, l'orso sarebbe tornato in un istante.

"Orion è rinchiuso e sotto tranquillanti," mi disse quando si staccò da me. "Le guardie stanno monitorando attentamente chiunque arrivi. Penso che tu possa stare tranquilla."

"So che stai facendo tutto il possibile," risposi. Sentii una fitta allo stomaco. "È davvero necessario che Orion sia segregato? Voglio dire, non aveva fatto *ancora* nulla di male. Probabilmente non l'avrebbe mai fatto."

"Ha provato a mentirci," replicò. "Ha lasciato che le idee dei ribelli gli entrassero in testa. Non possiamo fidarci di lui, e non voglio sprecare il tempo delle guardie di cui *mi fido* per seguire ogni sua mossa."

"Lo capisco," conclusi. Ma ancora non mi andava giù che qualcuno venisse trattato come un criminale solo per aver pensato di prendere la strada sbagliata. In quel momento, però, non potevo farci nulla. "E Aaron si è fatto vivo?"

Scosse il capo con espressione accigliata. "La sua idea di 'notte' potrebbe essere diversa dalla mia. Non mi aspetto di vederlo tanto presto."

Mi si strinse lo stomaco ancora di più. "Se gli succedesse qualcosa—"

"Ehi." Nate inclinò il mio viso verso il suo e mi baciò

la fronte. "Non devi preoccuparti nemmeno di questo. Non so dove sia, ma so che se fosse davvero in pericolo, lo sapresti. Sei la sua compagna. Ci vorrà del tempo per rafforzare il legame, ma se qualcosa andasse davvero storto, lo avvertiresti comunque."

Ottimo. Quindi Aaron non era in punto di morte, ma c'erano davvero tanti altri modi in cui la sua spedizione poteva finire male.

Cercai di reprimere la frustrazione e afferrai la mano di Nate. "Andiamo. È ora della nostra entrata."

Avremmo cenato in cortile – una situazione molto meno formale del banchetto alla tenuta di Aaron. Mi sedetti accanto a Nate a un tavolo all'inizio dello spiazzo, con Marco all'altro mio lato e West accanto a lui. La sedia vuota di Aaron mi turbava. Alice colse il mio sguardo dall'altro lato del tavolo e corrugò la fronte con solidarietà.

Mentre gli addetti ci servivano, gli altri partecipanti si spostavano da un tavolo di servizio all'altro. Si riempirono i piatti e iniziarono a mangiare, in piedi o seduti sulle panchine sparse ai margini del cortile.

C'erano almeno il doppio delle persone di qualche ora prima, ma l'atmosfera era ancora un po' cupa. La musica di sottofondo suonava leggermente lugubre, anche se la melodia avrebbe dovuto essere vivace. Avevamo tutti troppi pensieri per la testa.

Mentre mangiavamo, gli altri mutaforma passavano davanti al nostro tavolo per porgere i loro saluti. Molti di loro sorridevano più cordialmente a Nate che a me. Beh, lo conoscevano da molto più tempo.

Un anziano tasso appoggiò le mani paffute sul bordo del tavolo e mi fissò con uno sguardo penetrante. "Si dice che tu abbia poteri speciali ineguagliabili," disse. "Hai intenzione di sbarazzarti di quei delinquenti alla svelta, vero?"

Forse ero stata un po' precipitosa nel fare quel discorso al funerale del giorno prima. "Farò del mio meglio," risposi.

"Non avremo pace qui finché quella feccia non sarà estirpata e distrutta," esclamò con un cenno deciso del capo.

La 'feccia' che il resto della comunità non era riuscita a sconfiggere in sedici anni? Già, nessuna pressione.

Il gruppo successivo, una combriccola di arvicole, mi chiese strepitando di mettere in scena una piccola trasformazione per loro. Tirai fuori gli artigli e loro esultarono. Mi sentii più apprezzata mentre si allontanavano, almeno finché non arrivò una mutaforma orso dal viso spigoloso.

"Ho sentito che uno dei nostri è in cella," disse. Il suo sguardo saettò da me a Nate, poi si fermò su di me, come se pensasse che la colpa fosse mia. "Che significa? Adesso ci rinchiudiamo a vicenda?"

Nate si schiarì la gola. La sua voce suonò calma e decisa. "Abbiamo sempre usato le celle di detenzione per trattenere coloro che infrangono le nostre leggi, Mildred. Lo sai bene."

Lei sbuffò. "E quale legge avrebbe infranto, di preciso?"

Nate la fulminò con lo sguardo. "Non è una questione da discutere in pubblico."

"Sembra che siano cambiate un sacco di cose da quando abbiamo un nuovo drago."

Mi si irrigidì la schiena mentre se ne andava. "Ignorala," mormorò Nate. "Ha sempre fatto la difficile."

Beh, se non altro la maggior parte delle persone erano gentili con me. Passai un'altra ora – al tavolo e girando tra la folla – sorridendo, ridendo alle battute e raccontando alcuni degli aneddoti meno traumatici della mia vita tra gli umani. Ma anche quando ricambiavano il sorriso, non sapevo con certezza se credere alla loro cordialità. Si fidavano davvero di me o erano solo più bravi degli altri a nascondere il disagio?

Alice si avvicinò a me. "Che ne dici di un'altra piccola pausa?"

"Sì," risposi sollevata. "Che avevi in mente?"

"Pensavo che potremmo dare una mano a rifornire il tavolo del vino," suggerì con un sorrisetto.

Ci addentrammo in casa e scendemmo nella cantina. Era enorme. Non avevo mai visto tante bottiglie in vita mia, nemmeno in un negozio di liquori. Mi fermai a fissarle.

"Non so neanche da dove iniziare."

"Oh, possiamo sempre restarcene qui per un po' e poi lasciare che siano gli assistenti a scegliere. In fondo è il loro lavoro." Si appoggiò a una cassa e mi guardò. "Immagino che la vita che facevi prima che mio fratello e gli altri alfa ti trovassero fosse piuttosto diversa da questa, vero?"

"Ehm, sì. Sarebbe l'eufemismo dell'anno."

"Raccontami qualcosa. Mi sono sempre chiesta come sia il lato umano delle cose."

Lasciai andare un sospiro. Da dove iniziare? "Beh, non sono sicura che la mia vita da 'umana' fosse poi così normale. Finché c'è stata la mamma, abbiamo sempre vissuto in modo semplice. Si preoccupava costantemente di non attirare l'attenzione. Poi, quando se n'è andata… ho dovuto lasciare il nostro appartamento e vivere per strada. Non ho avuto una vera casa per più di cinque anni, figuriamoci una come questa." Feci roteare la mano per indicare la tenuta intorno a noi.

"Dev'essere stata dura," commentò in tono serio. "Non lo dai a vedere quando parli con i membri della comunità."

Feci spallucce. "Non è il lato di me che vogliono vedere, giusto? Il lato umano. Debole."

Alice fece una smorfia. "Non definirei 'debole' una persona che è sopravvissuta ai gradini più bassi del mondo umano senza sostegno e senza poteri, neanche lontanamente. Sai, non posso dire di aver vissuto un'esperienza simile, ma ho dovuto passare molto tempo a mantenere una facciata forte. È estenuante. Più riuscirai a essere te stessa, più sarà facile per te in futuro."

"Già, credo che tu abbia ragione." Abbassai lo sguardo sulle mie mani. "È solo che è difficile sapere cosa si aspettano gli altri. Devo ancora abituarmi a moltissime cose."

"Questo posto è un po' diverso dalla tenuta dei volatili, non è vero? Qui hanno un atteggiamento tutto loro. O problemi di atteggiamento." Mi scoccò un mezzo sorriso. "Noi volatili andiamo più d'accordo con i canidi, perché entrambi crediamo nei legami forti e nel mantenere un fronte unito. I felini e i mutaforma eterogenei seguono più una filosofia da 'liberi tutti'. Ognuno pensa agli affari propri."

Okay, quindi forse la famiglia di Nate non ce l'aveva

con me per l'attacco. Forse erano solo fatti così. Quella possibilità era stranamente rassicurante.

"Vogliono tutti cose troppo diverse tra loro," sottolineai. "È un po'… stressante. Non so come farò a renderli tutti felici."

Alice mi mise una mano sul braccio. "Probabilmente non lo farai. Ma suppongo che il meglio che tu possa fare è ascoltarli tutti, compresi i tuoi alfa, senza dimenticare cosa c'è qui dentro." Si diede dei colpetti sulla testa. "Solo così troverai l'equilibrio che ti sembra più adatto. Vedi? È semplice! Ho tutte le risposte."

Non potei fare a meno di ridere. "Giusto. Direi che allora sono a posto."

Si voltò a fissare la porta, e tutto d'un tratto mi resi conto che la tensione del suo corpo non era solo dovuta alla tipica prontezza da guardia del corpo. Anche lei era nervosa. Non serviva un intuito speciale per capire il perché.

"Sei preoccupata per Aaron," affermai.

Si strofinò le labbra con le dita. "È adulto e vaccinato. Sa badare a se stesso, come ci tiene a ricordarmi puntualmente. Ma… da quello che aveva detto, ero convinta che sarebbe già tornato a quest'ora."

Se anche Alice era così preoccupata da ammetterlo, allora la mia ansia non era solo un eccesso di prudenza. Esitai. Perché mai non avrei dovuto impartirle un ordine diverso? Tecnicamente avevo la stessa autorità di Aaron.

"Sai che ti dico?" Esordii. "Abbiamo aspettato abbastanza. Voglio che tu vada a cercarlo. E se quando lo trovi dovesse avere qualcosa in contrario, digli pure di prendersela con me."

Alice mi guardò attonita. "Davvero?"

"Certo. È un comando diretto del tuo drago."

La sua bocca si allargò in un sorriso vero e proprio. "In questo momento sono così *felice* che tu sia tornata con noi."

Agguantammo un paio di bottiglie di vino a caso, così da dare l'impressione di aver avuto un motivo per sparire. Quando tornammo nel cortile, però, mi resi conto che erano stati dati anche altri ordini che non condividevo del tutto. Non avevo intenzione di andare contro l'autorità di Nate, ma potevo sempre cercare di mitigare la sua durezza con un gesto gentile.

Presi un piatto vuoto e lo riempii con qualche pietanza presa qua e là dai vari tavoli. Probabilmente i presenti che mi stavano guardando si chiedevano quanto fosse profondo lo stomaco di un drago. Lasciai che fantasticassero.

Portai il piatto dentro casa e scesi le scale che portavano in un'altra ala del seminterrato. Quella in cui avevamo interrogato il ribelle il giorno prima. Vidi Orion attraverso la seconda finestrella in cui sbirciai.

Era rannicchiato sulla panca con la testa tra le mani. Mi si strinse il cuore.

La guardia di turno mi camminò incontro. "Mutaforma drago," salutò con un inchino. "In cosa posso essere utile?"

Gli mostrai il piatto. "Vorrei dargli questo."

L'uomo restò immobile. "Non mi è stato detto di–"

Lo fissai con sguardo risoluto. "Sono la compagna del tuo alfa, nonché la mutaforma drago. Voglio solo offrire un po' di cibo al prigioniero. È troppo sedato per trasformarsi, no? Non sembra costituire alcun tipo di minaccia."

"Sì. Sì, dovrebbe essere sotto controllo. Le mie scuse."

La guardia tirò fuori una chiave e aprì la porta. Entrai nella cella un po' titubante.

Orion sollevò la testa, aveva gli occhi vitrei. Un filo di bava luccicava sull'angolo della sua bocca. Se non altro era abbastanza cosciente da notarla e asciugarla con il dorso della mano non appena mi vide.

"Mutaforma drago," disse con voce confusa. "Cosa ci fai qui?"

"Ti ho portato qualcosa da mangiare dai festeggiamenti, visto che non ti è permesso partecipare di persona."

Gli offrii il piatto. Lo osservò per qualche secondo prima di prenderlo, poi se lo appoggiò in grembo. Fissò il piatto ancora per un po' e alla fine alzò lo sguardo verso di me, strizzando gli occhi.

"Perché me l'hai portato? Che ti importa se mangio o no? Sono un traditore."

Mi accovacciai in modo che i miei occhi fossero alla stessa altezza dei suoi. "Io non credo che tu lo sia," risposi. "Non credo che avessi già deciso da che parte stare, e questo è importante. So quant'è difficile capire qual è la cosa giusta da fare quando cercano di trascinarti in direzioni opposte. Quello che conta è la tua decisione finale."

Lui s'inumidì le labbra. Le sue dita stringevano i bordi del piatto. "Grazie," mormorò con voce rauca. Non capii se si riferisse al cibo o al mio discorso. Forse a entrambi.

Quando m'incamminai per tornare alla festa, sentivo

un peso in meno sul cuore. Quindi, naturalmente, dovetti imbattermi in West proprio in quel momento.

Si fermò nel corridoio mentre uscivo dalle scale. Mi guardò con occhi socchiusi. "Cosa ci facevi nelle celle di detenzione?"

"Cercavo di assicurarmi che un altro dei nostri non diventasse un nemico," risposi. "Hai qualcosa in contrario?"

Sostenne il mio sguardo per un momento, poi si voltò sospirando. "Spero solo che tu sappia cosa stai facendo, Scintilla."

Lo speravo anch'io, non sapeva quanto.

8

Ren

Guardai gli ultimi ospiti lasciare il cortile con un nodo in gola.

Era appena passata la mezzanotte. Gli addetti stavano sparecchiando i tavoli, il piazzale era silenzioso. Non c'era più nessuno, a parte i mutaforma che vivevano nella tenuta.

Aaron non era ancora tornato, e nemmeno Alice. Non poteva sapere esattamente dove cercarlo, quindi la sua assenza non doveva sorprendermi. Ma lui aveva detto che sarebbe tornato per la notte. Non avrebbe potuto negare che ormai fosse al cento per cento notte.

Nate si avvicinò alle mie spalle e mi toccò la schiena. "Andiamo dentro," disse. "Se si fa vivo, lo sapremo."

Annuii, ma i miei piedi si trascinarono esitanti verso la nostra ala della villa. Marco e West ci raggiunsero.

"Bicchiere della staffa?" Suggerì Marco. "Se proprio dobbiamo stare in pensiero per l'aquilotto, non sarebbe una cattiva idea goderci un po' la vita, nel frattempo."

Ci incamminammo nello stretto corridoio fino alla nostra sala comune privata. West si diresse verso le finestre in fondo alla stanza, mentre Marco andò all'armadietto dei liquori per preparare i drink. Nate sprofondò in uno dei divanetti. Io camminavo avanti e indietro, ancora e ancora, come se potesse aiutarmi a sfuggire alla mia ansia. In realtà continuare a muovermi mi rendeva solo più nervosa.

Marco mi passò un bicchierino. Lo mandai giù in un sorso. Il bruciore dell'alcol si diffuse in gola e nel mio petto, ma alleviò di pochissimo le mie preoccupazioni. Forse se ne avessi bevuti altri avrebbe funzionato, ma ubriacarmi fino allo stordimento non mi sembrava un'idea saggia.

"Dovresti provare a dormire un po', Ren," disse Nate. "Dovremmo farlo tutti. Dobbiamo essere in forze nel caso qualcosa andasse storto."

Mi strofinai le braccia. "Non credo che riuscirei a *dormire*." Ero troppo agitata. Continuavo a pensare a tutte le cose che potevano essere successe senza aver scatenato alcuna sensazione di allarme in me. Poteva essere stato catturato dei ribelli, o magari era troppo ferito per volare a casa, ma non abbastanza da farmi avvertire il suo dolore.

Lo volevo *lì* con me, punto. Prima o poi avrei dovuto accettare di separarmi dai miei compagni, ma non pensavo che sarebbe accaduto così presto. Era passato pochissimo tempo da quando avevamo suggellato il legame, non mi sembrava giusto. Era la prima volta che uno di loro passava la notte lontano da me, e quella distanza mi uccideva.

"Vieni qui," mi chiamò Nate dolcemente. Diede un colpetto al cuscino accanto a sé.

Mi morsi il labbro, ma ci andai. Quando mi lasciai cadere al fianco del mio orso, lui mi mise le mani sulle spalle. Le sue dita forti presero a muoversi in cerchi decisi sui miei muscoli tesi, scavando, e i miei nervi iniziarono a sciogliersi.

"Wow, è fantastico," commentai chiudendo gli occhi. "Non fermarti."

Lo sentii sorridere tra un respiro e l'altro. Fece scivolare le mani più in basso, sulla mia schiena per lo più nuda, massaggiando i muscoli lungo le mie scapole e la spina dorsale. A ogni pressione, la tensione si alleviava un po' di più.

E mentre si dissolveva, una sensazione diversa iniziò a pulsare nel mio corpo. Le mani sulla mia pelle nuda scatenarono un desiderio che avrei dovuto aspettarmi, considerando che erano di uno dei miei compagni.

Il calore mi arrivò dritto al cuore. Mi sentivo già così bagnata. Oh, c'erano un sacco di altre parti di me su cui avrei voluto quelle mani.

Il mio desiderio crescente doveva aver impregnato l'aria, perché Nate fermò le mani appena sotto il mio collo. Si chinò più vicino, cospargendo la mia pelle del suo respiro bollente. "Forse c'è qualcos'altro che potrei fare per distrarti. Vuoi che ti aiuti a rilassarti un po'?"

Il mio corpo fremeva dalla voglia. Diavolo, sì. Con tutto il tumulto che c'era stato da quando eravamo arrivati, non avevo avuto neanche un secondo per provare qualcosa di bello. Mi sembrava che fosse passata un'eternità dall'ultima volta che mi ero persa nel legame con i miei compagni.

Compagni. Aprii gli occhi di scatto. Mi appoggiai istintivamente a Nate, incoraggiandolo, ma allo stesso tempo cercai con lo sguardo gli altri alfa.

Marco mise giù il suo bicchiere vuoto, con gli occhi luccicanti di lussuria puntati su me e Nate. West era girato di spalle, nervoso, ma sentivo chiaramente il desiderio irradiarsi da lui.

Nate allungò le mani per cingermi i seni. Un gemito mi sfuggì dalle labbra mentre accarezzava i miei capezzoli già turgidi. Marco si leccò le labbra. Fece come per avanzare verso di noi, ma poi sembrò bloccarsi.

Aspettava che fossi io a invitarlo.

Li volevo tutti. Ed erano tutti con me, in ogni modo possibile, cercando di distrarmi almeno per un po' dall'unico che mancava all'appello. Se solo un altro di loro si fosse allontanato da me...

Il pensiero mi fece stringere la gola. Misi le mani su quelle di Nate per fermarle. Un'ondata di desiderio bollente mi percorse la pelle. Mi alzai in piedi, trascinandolo con me.

"Penso che dovremmo trasferirci in camera da letto," mormorai intrecciando le dita alle sue. Lanciai un'occhiata a Marco e poi a West, per rendere chiaro che mi riferivo anche a loro.

Un sorriso brillante si allargò sul volto di Marco. "Non c'è niente che mi piacerebbe di più che soddisfare ogni tuo desiderio," disse con voce sensuale.

West tentennò, con aria combattuta. Gli tesi l'altra

mano. "Non ti chiederei nulla da cui tu non possa chiamarti fuori. Voglio solo che siate tutti con me. Fino a che punto è una vostra scelta."

Lo sentii deglutire, poi fece un passo verso di noi. "E va bene," rispose ancora più scorbutico del solito.

Percorremmo il corridoio fino alle mie stanze. Quando raggiungemmo il letto, mi voltai verso i miei compagni. Mi scrollai velocemente il vestito di dosso, lasciandolo cadere ai miei piedi e restando completamente nuda.

Il calore nella stanza mi sembrò aumentare di dieci gradi. Un brivido di frenesia mi scosse, ma improvvisamente mi sentii incerta. Ero già stata con Aaron e Nate contemporaneamente, una volta, ma tre ragazzi insieme… Avevo bisogno di loro, ma non ero sicura di cosa fare.

"Devi solo dirci che cosa vuoi, Ren," sussurrò Nate col suo timbro roco. "Siamo qui per te."

Osservai ognuno di loro quasi senza fiato. "Via le camicie. E anche i pantaloni." Tanto valeva estendere la nudità a tutti.

Marco mi rivolse un sorrisetto mentre si sbottonava la camicia. West si spogliò con maggiore esitazione. Un tenue bagliore risplendeva intorno alla benda che portava sotto la spalla sinistra. Una ferita magica lasciata dalle fate – ormai ne ero sicura. Non aveva voluto parlarmene, però. Nel bel mezzo della lussuria, ricordai a me stessa di stare attenta. Se avessi combinato qualche guaio, avrebbe potuto non volermi toccare mai più.

Nate si liberò dai vestiti in fretta e furia, facendosi quasi saltare un bottone. Era pronto per iniziare, chiaramente. Fece un passo verso di me, sfiorando il mio petto con il suo e reclamando le mie labbra.

Gemetti con la bocca sulla sua, abbandonandomi al vigore del suo bacio. Mi strinse la vita. Una terza mano mi sfiorò la schiena per sganciare la chiusura del mio reggiseno, irradiando calore alla mia sinistra. Nate lasciò le mie labbra per leccarmi il collo. Io inclinai la testa di lato per concedermi pienamente a lui, e trovai Marco proprio lì ad aspettarmi.

Mentre il mio orso assaporava tutti i punti più dolci della mia gola, il mutaforma giaguaro prese possesso della mia bocca. Mi accarezzò un seno, solleticandomi un capezzolo fino a farmi mugolare.

Nate abbassò la testa per lambire l'altro capezzolo, facendolo indurire ancora di più. Marco disegnò una scia di baci sulla mia guancia e mi mordicchiò il lobo dell'orecchio. Tremavo di piacere, travolta dalle sensazioni. Ogni parte del mio corpo palpitava.

Ma stavano di nuovo trascurando la mia bocca. Ansimai quando la mano di Nate affondò tra le mie gambe, e il mio sguardo si alzò per cadere su West.

Il mio lupo era in piedi a qualche metro di distanza; il desiderio era evidente sul suo viso e nella sua posa scomposta. Incrociai i suoi occhi verde scuro. Nello stesso istante, Nate cominciò a massaggiarmi dolcemente il clitoride. Io gemetti e, quasi come una supplica, mormorai: "West."

Lui contrasse la mascella con occhi luccicanti. "Dio," imprecò, poi fece un passo verso di me. Mi afferrò la testa mentre Marco faceva scivolare la bocca lungo la mia spalla. Il mio cuore saltò un battito – ero pronta a essere divorata da West. E invece, mentre le sue dita si stringevano tra i miei capelli, mi stampò due teneri baci sulla fronte. Le mie labbra si schiusero, in attesa. Il percorso che stava tracciando era la più dolce delle torture.

Finalmente portò la bocca sulla mia, proprio mentre Nate mi abbassava le mutandine e infilava le dita tra le mie pieghe. Marco, nel frattempo, mi leccava un capezzolo. Gemetti nella bocca di West, facendogli perdere il controllo che aveva mantenuto fino ad allora.

Il suo bacio mi estasiò: la sua lingua era intrecciata alla mia e i suoi denti mi sfioravano le labbra. Ricambiai con altrettanta passione, con la voglia di esplorarlo ed essere esplorata. Mentre Marco mi succhiava il seno, Nate disegnava una scia di baci lungo la mia pancia, scendendo sempre più giù. Oh, Dio, se fossi davvero esplosa per tutto quel piacere – cosa che cominciava davvero a sembrarmi possibile – speravo che gli addetti alle pulizie non mi avrebbero odiata troppo.

Nate mi fece stendere sul letto, poi si inginocchiò tra le mie gambe. Trattenni il fiato mentre la sua lingua danzava sul mio clitoride. Marco tornò a baciarmi, riempiendo i miei sensi del suo profumo di caffè speziato. West mi leccava un seno e accarezzava l'altro. Ogni singolo nervo del mio corpo pulsava per il desiderio che stavano appagando.

Ma ce n'erano altri che avevo bisogno di soddisfare. Nate faceva scivolare le dita dentro e fuori da me, al ritmo con i movimenti della sua bocca, e io gridai per l'ondata di piacere. Era quasi come se il mio corpo fosse la corda di un'arpa, pizzicata più e più volte fino a raggiungere un crescendo. Quando avrei raggiunto l'apice, volevo che i miei compagni lo vivessero con me.

Mi staccai dalla bocca di Marco, ansimando. "Nate, ti voglio dentro di me."

Non se lo fece ripetere due volte. La sua bocca mi lasciò per qualche doloroso secondo, sostituita dalla dura lunghezza della sua virilità, che scivolò dal mio clitoride fino alle mie pieghe.

Ansimai, vogliosa, e inarcai i fianchi. Nate li afferrò, mantenendoli in alto e sprofondando dentro di me con un gemito. La sensazione di essere riempita da lui scatenò un brivido di lussuria in tutto il mio corpo.

"La mia Principessa delle Fiamme," sussurrò Marco dietro di me. "Allora è vero che sei bollente."

"Mmm," fu tutto quello che riuscii a rispondere. Volevo che anche lui bruciasse con me. Percorsi la distanza tra il suo petto e il suo membro, più snello di quello di Nate, ma aggraziato. Mentre lo avvolgevo con una mano, Marco mi faceva praticamente le fusa.

Lo tirai delicatamente in avanti. L'ardore nei suoi occhi divampò quando capì le mie intenzioni. Si chinò sul letto in modo che potessi prenderlo in bocca. Quando gli leccai la punta, pulsò.

Nate si spinse dentro di me, provocandomi una nuova ondata di piacere. La cavalcai mentre mi dedicavo a Marco, arricciando la lingua intorno alla sua durezza setosa, assaggiando il sapore muschiato e salmastro della sua erezione.

"Cazzo, principessa. Non durerò a lungo se continui così," disse Marco ansimando. Bene. Volevo che venisse insieme a me.

L'altra mia mano stringeva le coperte. Mentre il mio corpo sobbalzava al ritmo delle spinte di Nate e dei movimenti della mia bocca su Marco, le mie nocche sfioravano la pelle liscia dei suoi muscoli asciutti.

Non avevo dimenticato il mio terzo alfa, in quel momento dedito a mordicchiarmi un capezzolo. Con un istinto che doveva derivare dall'essere un drago, destinato a momenti come quello, allungai una mano sapendo esattamente dove trovare il suo sesso.

Il respiro di West si fece affannato sul mio petto. "Ren," ansimò. Fermai la mano, leccando Marco ancora una volta e inarcando i fianchi per andare incontro a Nate. L'estasi minacciava di esplodere da un momento all'altro, ma non avevo intenzione di pretendere ciò che West non era pronto a dare.

Il lupo rimase rigido per un istante, poi, con un gemito, si spinse più vicino a me accogliendo il mio tocco.

Iniziai a muovere la mano su e giù, seguendo il ritmo della nostra passione. Un senso di beatitudine continuava ad aumentare, non solo tra le mie gambe, ma anche tra le mie labbra e le mie dita. In tutti noi, completamente persi nel nostro cerchio di piacere.

Marco venne per primo. "Principessa," esclamò con un brusco sussulto. Fece come per tirarsi indietro, ma io serrai le labbra intorno alla sua lunghezza.

Il suo seme si riversò nella mia bocca. Ingoiai fino all'ultima goccia, finché non si accasciò accanto a me. Poi si avvicinò per baciarmi per un lungo e doloroso momento, lasciando scivolare la sua mano sul mio corpo.

Le sue dita affusolate trovarono quel delizioso fascio di nervi proprio sopra al punto in cui io e Nate eravamo uniti. Iniziarono a tracciare cerchi sul mio clitoride, portando il mio piacere a nuove vette. Ansimai, stringendo il sesso di West. Soffocando un grugnito tra i miei capelli, anche lui raggiunse il suo apice. Lo seguii a mia volta, con i fuochi d'artificio che esplodevano dietro le mie palpebre chiuse. Tutto il mio corpo tremò per la violenza del mio orgasmo. Mentre mi stringevo intorno a Nate, lui si unì a noi lasciandosi sfuggire un gemito strozzato.

Dovevamo essere un bello spettacolo: tutti e quattro sdraiati sul letto, inerti e appagati. Ma quando Nate mi tirò a sé per farci accoccolare tra i cuscini, e gli altri si strinsero ai nostri lati, essere con loro mi sembrò la cosa più naturale del mondo. La cosa *migliore* del mondo.

L'assenza di Aaron mi tormentava ancora, ma faceva meno male. Rannicchiata lì, tra i miei compagni, riuscii finalmente ad abbandonarmi al sonno.

9

Marco

Svegliarmi accanto alla mia compagna fu la sensazione più bella del mondo. Il suo profumo riempiva l'aria, il sapore della sua pelle indugiava sulle mie labbra. Il suo corpo era abbastanza vicino al mio, e il suo calore mi raggiungeva da sotto il lenzuolo.

La mia Principessa delle Fiamme era avvinghiata a Nate, steso accanto a lei. Le lucenti onde castano scuro dei suoi capelli ricadevano sul braccio muscoloso che stava usando come cuscino. Aveva la testa appoggiata sull'ampio petto del mutaforma orso.

Una piccolissima parte del mio cervello mi suggeriva di sentirmi geloso, ma l'unica emozione che provavo in quel momento era un'ondata di affetto.

Sembrava felice. In pace. Ormai erano giorni che non riusciva a rilassarsi sul serio, e con tutte le sfide che aveva affrontato – e divinamente, per di più – ne aveva proprio bisogno. Ripensare a come aveva gestito la regina delle fate mi faceva ancora sentire orgoglioso. Il nostro drago stava dimostrando il suo valore facendo passi da gigante. L'avevo già ammirata quando mi aveva tenuto testa, confusa ma sicura di sé, prima ancora di scoprire cosa fosse. Ma adesso era… magnifica.

Perciò non potevo avercela con Nate per darle quel conforto, anche se il mio cuore e i fili del legame dentro di me fremevano per il desiderio di farla altrettanto mia.

Per la verità, era piuttosto difficile provare risentimento per qualsiasi cosa, con il ricordo della sua bocca che mi dava piacere ancora fresco nella mente.

Qualche giorno prima non ero neanche sicuro di quando sarei riuscito a baciarla di nuovo. Tutto per colpa della mia boccaccia – la mia stupida, stupida bocca. Ma durante la notte appena trascorsa ci eravamo abbandonati alla passione come se fossimo destinati a farlo. Forse stavamo raggiungendo una sorta di pace.

Con un brontolio, uno dei miei compagni di letto si mise seduto. West si passò una mano tra i capelli e lanciò un'occhiata contrariata a Nate. "È l'ultima volta che dormo accanto a un orso," borbottò. Ma, mentre si spingeva giù dal letto, non mi sfuggì il modo in cui il suo sguardo si soffermò su Ren con un barlume di desiderio.

Il modo in cui il lupo rinnegava se stesso stava raggiungendo livelli ridicoli. Poteva dare la colpa al legame e innalzare tutti i muri che voleva, ma era evidente che ogni parte di lui la desiderava. Buon per noi, comunque. Finché avesse continuato così, il nostro drago avrebbe dato più attenzioni al resto degli alfa.

Mentre West prendeva i suoi vestiti e usciva dalla stanza, mi avvicinai un po' di più a Ren. Qualche coccola di gruppo non sembrava poi fuori luogo. Le diedi un bacio sulla nuca e le avvolsi un braccio intorno alla vita.

Ren mormorò un verso di apprezzamento e appoggiò il braccio sul mio, stringendomi la mano. "Buongiorno," sussurrò con gli occhi ancora chiusi.

Ricalcai con il pollice un lento cerchio sulla sua pelle morbida. La sensazione del suo corpo attaccato al mio, insieme ai ricordi della notte prima, me l'aveva già fatto venire duro. E questo mi rese ancora più coraggioso. "Vogliamo renderlo ancora migliore?" Chiesi.

"Mmm. Potresti provarci."

Beh, quella era una sfida che non avrei mai rifiutato. Feci risalire la mano dal suo ventre fino alla curva dei suoi seni. Mentre sfioravo con le dita la parte inferiore dei suoi morbidi capezzoli, lei cominciò a contorcersi. Il suo sedere sodo sfiorò la mia erezione. Dovetti stringere i denti per trattenere un gemito. Ma, diavolo, stare con lei in quel modo era la tortura più piacevole che avessi mai provato.

Percorsi le sue curve sinuose e toccai con il pollice un capezzolo già indurito. Ren sussultò, spalancando gli occhi. Fermai la mano, era mezza addormentata. L'ultima cosa che volevo era oltrepassare il limite e perdere quel po' di fiducia che avevo riconquistato.

"Mi sto spingendo troppo oltre?" Domandai.

"Non abbastanza," mormorò in risposta. "Non osare fermarti."

Sorrisi con un'ondata di sollievo e… desiderio. Mentre le accarezzavo di nuovo i seni, le mordicchiai l'incavo tra il collo e la spalla. Ren sospirò, inclinando la testa.

Avvertendo i nostri movimenti, l'orso si svegliò. Un verso di entusiasmo gli rimbombò nel petto. Si avvicinò a Ren per baciarla sulle labbra. La sua mano libera scivolò sul suo fianco e sulla coscia, affondando infine tra le sue gambe.

Ren gemette, cullandosi nel suo tocco. Io le leccai la guancia, strappandole un altro ansito. Buon Dio, non c'era gioia al mondo che potesse competere con il suono e il sapore del desiderio del mio drago. Avrei potuto vivere di quello e null'altro per giorni.

Stavo per farla sdraiare sulla schiena, in modo da potermi dedicare ai suoi seni sia con la bocca che con le mani, quando la porta della camera si aprì di colpo.

"Smettetela di trastullarvi e scendete dal letto," sbottò West. "Aaron è tornato".

~

Ren

Entrai nella suite di Aaron con i capelli ancora arruffati e un vestito preso al volo dal pavimento, ma vedere il mio compagno il prima possibile era di gran lunga più importante che farmi bella. Gli altri tre alfa entrarono dopo di me.

Aaron era seduto sul bordo del letto. La stanchezza sul suo viso e la tensione delle sue spalle mi riempirono di tristezza. Mi avvicinai a lui di corsa, cingendogli il viso tra le mani. Lui mi rivolse un sorriso esausto e mi abbracciò.

Le mie dita scivolarono tra i suoi capelli dorati. Mi chinai per catturare le sue labbra, bisognosa di quel contatto. Come se un bacio fosse l'unica cosa che potesse convincermi che era davvero lì, dove doveva essere.

"Mi dispiace," disse quando ci separammo. Anche la sua voce era stanca, più fioca del solito. "Volevo tornare prima. Posso solo immaginare quanto tu sia stata in pensiero."

"Non devi preoccuparti," risposi. "Sono solo felice che tu sia tornato e che stai bene. Cos'è successo?"

"Era rimasto bloccato," spiegò Alice con tono secco, più solenne che mai. Era appoggiata alla parete di fronte al letto, con le braccia incrociate sul petto, e sembrava altrettanto esausta.

Aaron ridacchiò flebilmente. "È una descrizione piuttosto accurata. Stavo quasi per tornare indietro, quando ho avvistato qualcosa sotto di me. Li ho trovati: hanno allestito un piccolo campo, con roulotte e tende… Mi ero abbassato per confermare che si trattasse di ribelli, li ho sentiti parlare e ho trovato un punto d'appoggio da cui ascoltarli, ma sono rimasto troppo a lungo. Prima che potessi andarmene, un paio di mutaforma volatili si sono trasformati e si sono appostati nei dintorni dell'accampamento. Uno di loro era troppo vicino a me, poteva accorgersi della mia presenza e dare l'allarme."

"Non potevi volare più velocemente di un paio di uccellini?" Chiese Marco col suo tono leggermente provocatorio.

"Erano un falco e un avvoltoio," disse Aaron. "Avrebbero potuto farmi del male. Ma ero più preoccupato del fatto che ciò che avevo appreso non ci sarebbe servito a nulla, se avessero scoperto che avevo sentito tutto. Avrebbero cambiato i loro piani."

"Quindi ha aspettato lì finché non sono arrivata io e li ho distratti," aggiunse Alice. "Sei fortunato che abbiamo il nostro legame di fratelli, altrimenti Dio solo sa quanto saresti rimasto lì ad aspettare."

Aaron scrollò le spalle. "Non sai quanto sono contento che tu sia arrivata così presto." Alzò la testa per guardarmi di nuovo negli occhi. "Grazie per averla mandata. È stata la decisione giusta."

"Ricordatelo la prossima volta che vorrai andare là fuori da solo," dissi. "Allora, *cosa* hai scoperto? Di cos'hanno parlato? Quanto sono vicini? Dobbiamo iniziare a prepararci?"

Mi fece segno di rallentare con la mano. Quando tacqui, mi prese il polso per farmi sedere sul letto accanto a lui. Avvolsi il mio braccio intorno al suo, guardandolo mentre iniziava a parlare.

"Da quello che ho capito, non dovremmo correre particolari rischi finché siamo qui," spiegò. "A meno che, credo, non ci fermiamo più a lungo di quanto si aspettino. Si sono sistemati a circa tre ore di volo d'aquila da qui. Nei piani che ho sentito, parlavano di aspettare finché non ci fossimo rimessi in moto. Chiaramente pensano che nei prossimi giorni lasceremo questo posto per dirigerci verso la tenuta dei felini."

"È la cosa più sensata," commentò Nate.

Aaron annuì. "Vogliono aggredirci durante il viaggio, usando l'elemento sorpresa a loro vantaggio. E su un terreno che secondo loro farà pendere le probabilità ancora di più a loro favore." Mi lanciò un'occhiata aggiungendo una spiegazione. "Normalmente viaggiamo via terra, così possiamo fermarci e visitare alcune delle comunità più distanti lungo la strada. Ci limitiamo a usare i jet nelle emergenze."

"Potremmo fare un'eccezione in un caso come questo, no?" Domandai.

"Ma così perderemmo la possibilità di affrontarli. Non appena raggiungeremo la tenuta di Marco, cambieranno i loro piani. Si accamperanno da qualche altra parte."

"Beh, dove si trova questo terreno dove sperano di catturarci?" Chiese West.

"Non lo so," ammise Aaron. "Forse lo avevano già deciso e non vedevano la necessità di riparlarne, oppure non lo sanno ancora e aspettano di vedere cosa facciamo noi. Da quello che hanno detto non sono riuscito a capirlo."

Marco si strofinò le mani. "Beh, non ha importanza, no? Ora sappiamo dove sono. Andremo a trovarli prima che possano organizzare la loro piccola sorpresa."

"Sono d'accordo," rispose Aaron. "Ma la difficoltà è *come*. Tengono l'area intorno alla tenuta sotto stretta sorveglianza. Se ci dirigiamo verso l'accampamento se ne accorgeranno, e si disperderanno prima che possiamo arrivare a loro. Ne ho contati circa quaranta. Da quello che ci ha detto il prigioniero, forse erano la metà di quanti sono in totale. Se colpiamo, dobbiamo fare in modo che nessuno di loro riesca a fuggire. Altrimenti dovremo affrontarli di nuovo, prima o poi."

"Ne ho davvero abbastanza," borbottò West. "Non possiamo più limitarci a scappare e sconvolgere continuamente i nostri piani. Finché ci saranno tutti questi ribelli in giro a creare problemi, nessuna delle famiglie sarà veramente al sicuro."

"*Ren* non sarà al sicuro," disse Nate. Si posizionò al mio fianco e mi mise una mano sulla spalla. "L'hanno fatta franca troppe volte. È ora che paghino le conseguenze delle loro azioni."

"È un presupposto eccellente," sottolineò Marco. "Ma anche questo non risponde alla domanda sul come."

Aaron si passò una mano sulla bocca. Sembrava così stanco che avrei voluto dire agli altri di andarsene, di lasciarlo riposare, ma dalla determinazione della sua posa capii che voleva risolvere la questione. Aveva aspettato i ribelli e trascorso il resto della notte in volo solo per poter discutere del problema. Voleva che elaborassimo un piano. Sicuramente non avrebbe accettato di riposare finché non fosse stato sicuro che le informazioni che ci aveva dato potevano essere utilizzate davvero.

"Ora abbiamo un po' di vantaggio," disse Nate. "Sappiamo che proveranno a coglierci di sorpresa."

"Il viaggio da qui alla Florida è piuttosto lungo," precisò Marco. "Non possiamo stare in allerta tutto il tempo. Vorrei che ci fosse un modo per ribaltare completamente la situazione."

Tutto d'un tratto mi venne un'idea. Raddrizzai la schiena accanto ad Aaron. "Sapete una cosa? Credo che la risposta sia già qui."

10

Ren

"Non sono convinto di questa cosa," disse Nate mentre scendevamo le scale verso le celle di detenzione.

"Non abbiamo molte alternative," sottolineai. "Cosa farai, altrimenti? Lo lascerai rinchiuso e drogato per il resto della sua vita? Come può dimostrare da che parte sta se non ne avrà mai l'occasione?"

"Preferirei che lo dimostrasse senza mettere a rischio la tua vita," brontolò il mio orso.

"Possiamo proteggerci da soli, no? Abbiamo le nostre sentinelle. Ci ritireremo, se necessario." Mi fermai ai piedi delle scale e mi voltai a guardarlo. "Pensi davvero che sia un cattivo piano o ti stai solo preoccupando per me?"

Si acciglió. "Non voglio mentire, è il miglior piano che

siamo riusciti a escogitare. Ma non puoi biasimarmi se mi preoccupo."

Gli accarezzai affettuosamente il petto. "Va bene, non lo farò. Ma cerca di andarci piano con lui. Ricorda: vogliamo che senta di potersi fidare di *noi*."

Fuori dalla porta di Orion, Nate tirò fuori un mazzo di chiavi dalla tasca. La guardia di servizio fece un passo indietro per lasciarci passare.

Orion trasalì quando sentì la porta aprirsi. Era disteso supino sulla panca, con la testa a penzoloni. Visti i suoi occhi annebbiati e i riflessi rallentati, sembrava che fosse ancora sotto effetto di tranquillanti. Barcollò per un momento prima di riuscire a mettersi completamente seduto. Fissò Nate preoccupato, anche se il suo viso magro rimase calmo.

Potevo solo immaginare come fosse andata l'ultima conversazione con il suo alfa, ma quel giorno non avrei accettato dispotismi.

Presi uno sgabello dal corridoio e mi sedetti di fronte all'ex guardia. Nate torreggiava alle mie spalle, come se volesse dare a tutto ciò che dicevo il peso aggiuntivo della sua autorità. Avevamo deciso che forse era meglio che parlassi io. Soprattutto perché lui non era sicuro di riuscire a mantenere la calma.

"Orion," iniziai. Gli occhi del mutaforma ratto si abbassarono per incontrare i miei. "Potremmo avere un lavoro per te. Un modo per riscattarti con il tuo alfa e con la tua famiglia, per dimostrare a chi sei realmente fedele."

Nonostante la vacuità della sua espressione, una scintilla di speranza si accese nel profondo del suo sguardo. "Di che si tratta?" Chiese. "Cosa volete che faccia?"

"Ti è già capitato di avere a che fare con i ribelli," dissi. Annuì. "Con uno di loro."

"Quindi, se ti mandassimo a parlarci, qualcuno del gruppo ti riconoscerebbe?"

"Sì." I suoi occhi saettarono tra me e Nate. "Ma ve l'ho detto, non so dove si trovano."

"Non è un problema," risposi con un sorriso sbilenco. "Noi lo sappiamo. Ti indicheremo la strada e tu potrai semplicemente… imbatterti in loro."

Tornò a concentrarsi su di me, con la testa leggermente inclinata verso sinistra. Aggrottò la fronte. "E poi?"

"Beh, se te la senti… Li condurrai in un posto che avremo scelto. Ti diremo noi cosa raccontargli, ad esempio che stiamo per lasciare la tenuta andando verso un determinato tratto di strada, in un posto che sembri adatto per un'imboscata. Farai finta di aver deciso di stare dalla loro parte e di offrirgli queste informazioni per dimostrare il tuo valore. E poi saremo noi a tendere l'imboscata."

Orion restò in silenzio per un lungo momento, limitandosi a guardarmi. "Volete che li inganni."

"Stanno pianificando un altro attacco contro di noi proprio adesso," dissi. "Quanti mutaforma hanno già ucciso nel corso degli anni? Sostengono coloro che hanno ucciso gli ultimi alfa – i miei padri. Le mie sorelle, che avevano solo sette e nove anni. Se qualcuno di loro si arrende, ti prometto che lo tratterò con giustizia. Ma se insisteranno con questa guerra, non abbiamo altra scelta se non quella di combattere o arrenderci e morire. E non costringerei nessuno alla seconda opzione. Nemmeno te. Ecco perché volevo che avessi questa possibilità."

"Il tuo drago è incredibilmente generoso," intervenne Nate. La sua voce rasentava un ringhio. "Così come me, che in quanto tuo alfa le ho permesso di presentarti quest'offerta. Hai intenzione di restare dalla nostra parte o di combattere contro di noi?"

Lo fulminai con lo sguardo e lui fece una smorfia, chiudendo la bocca. "Oppure puoi restare qui," aggiunsi, voltandomi verso il prigioniero. "Se non vuoi correre questo rischio, lo capisco. Magari ci sarà un'altra occasione per dimostrare la tua lealtà. Ma, per ora, questo è ciò che abbiamo."

Orion trattenne il fiato. "Potrei... Potrei farlo. Penso che funzionerebbe. Non posso promettere niente, ma..." Fece una pausa e si strofinò la fronte, serrando le mascelle. "Non riesco a pensare lucidamente, adesso. Ma quello che so è che mi pento di non essere venuto da voi quando mi hanno avvicinato. E, Serenity–"

"Ren," lo corressi.

Alzò di nuovo lo sguardo, con gli occhi lucidi. "Grazie," disse. "Per aver pensato a me. Per aver cercato di fare la cosa giusta per tutti noi."

"Proverai a farlo anche tu?" Gli chiesi dolcemente.

"Sì," risposte. "Per la mia famiglia. Per il mio alfa. E per te."

Mi si strinse la gola per l'emozione nella sua voce. "Allora dovrei ringraziarti." Mi alzai in piedi. "Dovremo lasciare che l'effetto del tranquillante svanisca," dissi a Nate. "Potrà prendere una decisione definitiva allora, quando non avrà la mente così annebbiata. Voglio che capisca esattamente ciò che ha accettato di fare."

Nate non sembrava così entusiasta, ma in ogni caso

non potevamo mandarlo a familiarizzare con i ribelli in quelle condizioni. Quando chiudemmo la porta, lui si rivolse alla guardia di turno.

"Niente più iniezioni," ordinò. "Lasciate che torni lucido. Tenetelo d'occhio. Se si trasforma o fa qualcosa di sospetto, immobilizzatelo e avvisatemi. Quando avrà avuto il tempo di riprendersi completamente, chiamatemi."

"Sì, signore." Rispose la guardia.

"Cosa dice il tuo intuito da drago?" Mi chiese Nate mentre tornavamo al piano di sopra. "Pensi che voglia davvero aiutarci? O vuole solo trovare il modo di uscire da quella cella?"

Ripensai agli occhi lucidi del mutaforma e all'ondata di commozione che aveva sprigionato alla fine. "Si pente davvero di ciò che è successo. Vuole tornare a far parte della famiglia. Ma non so quanto reggerà il suo coraggio quando si troverà faccia a faccia con i ribelli, naturalmente."

"Immagino che sia impossibile da predire con chiunque," sospirò Nate. "Beh, vedremo come si sentirà quando sarà del tutto cosciente."

"Quanto ci metterà il sedativo a svanire?"

"Almeno un paio d'ore." Quando raggiungemmo la cima delle scale, si fermò. "Quindi abbiamo un po' di tempo. C'è una cosa che vorrei mostrarti, qui. Potrebbe ricordarti qualcosa."

M'illuminai. Le mie incertezze sul nostro piano passarono in secondo piano di fronte alla scintilla della curiosità. "Che vuoi dire?"

Lui sorrise. "Vedrai."

Nate mi condusse attraverso i corridoi e su per

un'ampia scala fino al secondo piano. Aprì la porta di una grande stanza, in quello che ovviamente era un angolo della villa. La prima cosa che mi colpì fu la luce del sole che filtrava da due coppie di finestre sulle pareti a sud ed est.

Entrai, e il respiro mi si bloccò in gola.

Non era solo il fatto che la stanza fosse meravigliosa – eccome se lo era. Le pareti intorno alla porta erano dipinte di rosso, oro e verde lucido. Animali stilizzati scorrazzavano in una foresta, nuotavano nell'oceano e volavano sul soffitto cosparso di nuvole danzanti. I disegni si estendevano fino alle finestre, dove alberi e onde si incurvavano intorno alle cornici. Le assi del pavimento sotto i miei piedi erano lucidate in modo così elegante che mi sembrava quasi di camminare su un tappeto di seta.

Avanzai verso il centro della stanza e mi voltai. Un intenso profumo sabbioso aleggiava nell'aria – mi ricordava una roccia perfetta su cui sdraiarsi per godersi il sole, in una calda giornata estiva... Cose da drago, insomma. Come la roccia vera e propria che giaceva sul pavimento sotto le finestre. Alcune sedie con cuscini morbidi e braccioli di legno riempivano il resto dello spazio.

Sì, era bellissimo, e anche incredibilmente familiare. Le lacrime mi riempirono gli occhi.

"Quando ho immaginato di portarti a casa mia per la prima volta, pensavo che la visita sarebbe stata un po' più rilassante," disse Nate. "Ma almeno puoi passare un po' di tempo qui prima di partire. Era la stanza preferita di tua madre." Osservò la mia espressione. "Ma tu te la ricordi."

"Sì." Sprofondai sulla lastra di pietra. Il calore del sole

sulla sua superficie solida si diffuse sotto le mie mani. "Portava me e le mie sorelle qui quando ci lamentavamo di annoiarci. A volte mio padre – il mio padre orso – veniva con noi. Come la chiamava?"

"La stanza dell'ispirazione," rispose Nate sorridendo. "La prima volta che l'ho incontrata, mi fece venire qui."

"Anche se non sapevo ancora trasformarmi, mi piaceva starmene stesa su questa roccia." Mi sdraiai su un fianco, assorbendo il calore della pietra e dei raggi che penetravano dalle finestre. "A volte si accoccolava qui con me. Ci stringevamo tutti e quattro insieme, o cinque se c'era anche Pa'…"

Mandai giù un nodo in gola. L'espressione di Nate si ammorbidì. "Non parli molto dei tuoi padri e delle tue sorelle. Sai che puoi farlo, se ti va. Voglio dire, se non è troppo doloroso per te. Ma se hai voglia di parlare con qualcuno che si ricordi, io ci sono. Sai, mi sono allenato con tuo padre per quattro anni prima che morisse nell'attacco. Non conoscevo bene te o le tue sorelle, ma ricordo che ti guardavo giocare in cortile quando venivi qui."

Ci guardava chiedendosi chi di noi sarebbe diventata la sua compagna? Chi avrebbe mai detto che sarei stata io. L'unica rimasta di tutta la mia famiglia.

Mi strofinai gli occhi e mi rimisi seduta. "È difficile. Non solo perché fa male, ma anche perché… non riesco a recuperare i ricordi facilmente. Non credo che ora ci sia una magia a reprimerli, ma è passato tanto tempo dall'ultima volta che mi sono sforzata di riportarli a galla. Non so neanche da dove iniziare. Di solito vedo o sento qualcosa che li fa riaffiorare."

Come con l'imbarazzante crollo di quando ero arrivata lì. Il mio viso si surriscaldava ancora al ricordo.

Ma quel posto me ne aveva regalati di nuovi. E avevo scoperto, con un dolore alla gola, che avevo davvero voglia di condividerli. Per renderli più reali, rievocando i morti e le scomparse.

Indicai un muro. "Mia sorella maggiore, Temperance, si inventava sempre delle storie sugli animali disegnati qui. Una volta passò ore a collegare ogni singolo pezzo del dipinto in un unico racconto epico. Quando iniziava non sapevi mai come sarebbe andata a finire. Ogni storia era completamente diversa dall'altra."

Il mio sguardo cadde sulle sedie. "E l'altra mia sorella… La mamma diceva sempre che doveva aver accidentalmente dato alla luce una scimmia quando l'aveva partorita. Verity non riusciva a star ferma per più di qualche minuto. Qui dentro si arrampicava sulle sedie e giocava a saltare in mezzo a noi, per vedere quanto a lungo sarebbe riuscita a farsi spuntare le ali da drago."

"E Pa'…" Riuscivo a immaginarlo con gli occhi della mente. Grosso e muscoloso come Nate, ma con un viso più allungato e i capelli più scuri. Sentii una fitta al petto. "Volevo riuscire a vedere meglio dalle finestre. Lui mi prendeva in braccio e mi teneva in alto, raccontandomi tutte le cose che si riuscivano a scorgere da qui all'orizzonte."

Sentii le vertigini che avevo provato nel mio corpo di bambina. La gioia di avere le attenzioni di mio padre tutte per me.

Cosa avrebbero pensato lui e gli altri miei padri, se avessero potuto vedermi in quel momento? Come sarebbe stata la mia vita se i ribelli non avessero interferito in maniera così brutale?

Nate si avvicinò e si sedette accanto a me. Mi appoggiai alla sua spalla. Mi prese la mano, accarezzandone il dorso con il pollice. "Hai perso molto," affermò. "Più di quanto possiamo davvero comprendere. Ognuno di noi ha perso un mentore, ma tutta la tua famiglia è scomparsa. Non riesco neanche immaginare cosa significhi. Ma quando vorrai parlarne, potrai sempre venire da me. Da chiunque di noi. Sono sicuro di poter parlare anche a nome degli altri alfa."

"Grazie." Ora che avevo raccontato qualcosa della mia famiglia, mi sentivo più leggera. "Penso che passerò davvero un po' di tempo qui da sola, prima di andare. Se non è un problema."

"Certo che no," rispose Nate. "Devo occuparmi di un paio di cose in giro per la tenuta prima della prossima mossa. Se hai bisogno di me, chiedi a uno dei miei assistenti. Sapranno dove trovarmi."

Mi sollevò il mento verso il suo viso e mi stampò un tenero bacio sulle labbra. Quando si allontanò da me, il mio corpo era tutto un fremito. Continuai a sentire la sua presenza anche dopo, quando ormai si era chiuso la porta alle spalle. Grazie al legame, finché restava nella tenuta — nelle mie vicinanze — non avevo affatto bisogno dell'aiuto di qualcuno per trovarlo.

Mi sdraiai di nuovo sulla pietra, e per un po' non feci altro che godermi i ricordi. Stranamente, lasciare che quei frammenti del mio passato affiorassero non aumentava il dolore della perdita. Semmai lo lenì. Rievocare i momenti felici era molto più facile. In fondo, perché gli unici ricordi chiari della mia famiglia dovevano essere gli ultimi momenti di panico e terrore dei miei padri e delle mie sorelle?

Quando mi rialzai, mi sentivo molto più tranquilla. Toccai il bordo del mio cellulare in tasca. Avevo ancora un altro tipo di famiglia che non volevo lasciarmi completamente alle spalle. Avevo promesso a Kylie che avrei continuato a farmi sentire. L'ultima cosa che volevo era che si sentisse abbandonata.

Ehi, Ky, le scrissi. *Le cose si stanno facendo movimentate, qui. Attaccheremo i ribelli. Ho escogitato un piano brillante... Beh, vedremo quanto si rivelerà brillante alla fine.*

La sua risposta arrivò un minuto dopo. *Oh, per favore. Se l'hai escogitato tu, funzionerà sicuramente. Immagino già il tuo drago che mette K.O. quei bastardi.*

C'era qualcosa di molto soddisfacente in quell'immagine. *Vorrei che fossi davvero con noi per vederlo. Mi sa che saremo di nuovo nei pressi di New York tra non molto. Stiamo per partire per la tenuta di Marco, in Florida, e poi andremo in quella di West, da qualche parte a nord est.*

Oooh, Florida! Sole e divertimento in arrivo! Dov'è casa sua?

Sorrisi. *A quanto pare non lontano da Miami.*

Ovviamente. Sembra proprio un tipo da discoteca. Assicurati di tenerlo in riga, chiaro?

Prima che potessi rispondere, qualcuno bussò alla porta. "Chi è?" Domandai.

Un inserviente fece capolino nella stanza. "Mutaforma drago," disse. "Nate ha richiesto la sua presenza nelle stanze di detenzione."

Cavolo. Era già ora di vedere quanto era davvero geniale il mio piano. Feci un respiro profondo. Un'altra delle tante conversazioni con la mia migliore amica da rimandare.

"Va bene," risposi. "Arrivo subito."

11

Ren

Era così strano essere l'unica mutaforma rimasta umana. Mettevo i piedi a terra il più silenziosamente possibile, avanzando con gli altri lungo il pendio boscoso che avevamo scelto per il nostro agguato. Un odore di terriccio mi riempiva le narici. Corpi animali si muovevano tra gli alberi intorno a me.

I miei compagni, e gli uomini di Nate che si erano uniti a noi, si erano trasformati non appena ci eravamo lasciati i veicoli alle spalle, nascosti lontano dalla strada. Era stata la scelta migliore, perché così potevano muoversi più velocemente e furtivamente, acuire i loro sensi e, in generale, avere più forza. Nate e Marco procedevano ai miei lati, mentre West ci precedeva. Aaron si librava in volo accanto ad Alice, tenendo d'occhio qualsiasi movimento allarmante.

Potevo essere maledettamente più utile come drago, ma di certo non sarei stata silenziosa. Per non parlare del fatto che non sarei servita a niente se avessi esaurito le mie energie – già limitate – marciando per i boschi, finendo poi per dover combattere da umana.

Orion si era diretto verso l'accampamento dei ribelli la sera prima. Stando al piano, doveva dirgli che saremmo passati da quel tratto di strada quella mattina, che avevamo deciso di sgattaiolare via alle prime luci dell'alba per passare inosservati. E loro avrebbero pianificato di arrivare fino a lì per tenderci un'imboscata. Ma sarebbero caduti nella nostra trappola prima di avere la possibilità di capire di essere stati ingannati.

O almeno era così che sarebbe dovuta andare. Sempre che Orion avesse tenuto duro e non avesse invece deciso di passare dalla loro parte. Quando gli avevo parlato, prima di partire, sembrava determinato a seguire le istruzioni. Ma sembrava anche un po' spaventato. Magari, una volta lontano da me e dall'autorità del suo alfa, avrebbe deciso di correre il rischio con persone che non l'avevano rinchiuso e drogato. Anche se erano degli assassini.

In ogni caso, speravo proprio di averci visto giusto con lui.

West rallentò in cima alla collina. Camminò fino al punto più alto, prima che il terreno tornasse a scendere, e ci lanciò un'occhiata. Era lì che avevamo pianificato di fermarci.

Aaron scese in picchiata verso di noi, lasciando sua sorella di guardia. Si trasformò un secondo prima di toccare il suolo e atterrò con grazia sui suoi piedi umani.

"Ho avvistato qualcuno a un paio di chilometri di

distanza," annunciò. "Credo che saranno qui tra circa mezz'ora. Dovremmo sparpagliarci sottovento, così non sentiranno il nostro odore finché non saremo pronti a entrare in scena."

Annuii. I presenti si dileguarono tra gli alberi. Io li seguii, rimanendo al fianco di Nate. Dovevo stare più indietro rispetto agli altri, perché il mio odore non si sarebbe confuso bene con quello della natura circostante.

In effetti, essere il tipo più raro di mutaforma in circolazione aveva qualche lato negativo, ma avevo tutta l'intenzione di usare le mie capacità uniche per trarne il massimo vantaggio.

Quando Nate si fermò, facendomi un cenno col capo, feci scivolare le dita nella sua spessa pelliccia e affondai il viso nella sua spalla. Lui ricambiò con una carezza.

Nella tenuta, mentre organizzavamo i dettagli finali, aveva provato a convincermi a restare fuori dalla battaglia. Senza lasciarlo neanche finire di parlare, avevo risposto ridendo e rivolgendogli il mio sguardo da drago più intimidatorio. Non c'erano state più discussioni da allora.

Le persone che avevamo perso erano anche la mia famiglia. Non sarei certo rimasta a guardare mentre i farabutti che avevano distrutto le loro vite erano ancora a piede libero. Senza contare che avevano ucciso anche i miei padri e le mie sorelle.

Mi voltai e poggiai la mano sull'albero dietro il quale ci eravamo nascosti. La cosa migliore di essere un drago era volare, e col cavolo che avrei passato anche un solo secondo a terra una volta che avrei potuto trasformarmi.

Mi arrampicai sul tronco, scalando un ramo alla volta

fino a raggiungere quelli troppo esili per sostenere il mio peso. Seduta con la schiena appoggiata al fusto, scrutai la foresta. Non ero abbastanza in alto per vedere oltre le chiome degli alberi, ma avevo una vista decente tra i rami intorno a me.

Il giaguaro nero di Marco era accovacciato a qualche albero alla nostra sinistra. Il lupo di West era completamente immerso nella boscaglia. Aaron fece un ultimo giro in volo e poi venne ad appollaiarsi su una quercia alla mia destra.

Mezz'ora. Avevamo passato almeno dieci minuti sparpagliati intorno al luogo dell'imboscata, pensai. Non doveva volerci ancora molto, eppure sembrava passare un'eternità tra un battito del mio cuore e l'altro.

Il rumore di un ramo che si spezzava mi fece mancare il fiato, ma era solo un passero che volava via. Maledetti animali normali. Dovetti resistere all'impulso di tamburellare i piedi contro il tronco per l'impazienza.

Orion sapeva esattamente dove li avremmo aspettati; doveva condurre i ribelli proprio in cima alla collina. Sempre se avesse mantenuto la sua parte dell'accordo. Altrimenti… Beh, Alice stava ancora sorvegliando l'area. Se avessero cercato di sparpagliarsi per coglierci di sorpresa, se ne sarebbe accorta.

La brezza cambiò direzione e nuovi odori mi solleticarono il naso. Odori animali – non quelli familiari dei mutaforma con cui ero arrivata – mescolati a una nota di aggressività e fibrillazione.

Erano quasi lì.

Mi chinai in avanti sul ramo, aggrappandomi con mani e piedi alla corteccia. Non volevamo far scattare la trappola troppo presto. Avremmo aspettato che fossero al centro del ring.

Udii dei corpi frusciare nella sterpaglia – lievemente, furtivamente. Ma, nella quiete, le mie orecchie scaltre riuscivano a distinguerne i rumori. M'irrigidii.

Una piccola figura pelosa si affacciò all'orizzonte: un topo muschiato in testa a una processione in carica. Il nostro Orion. Avrei voluto che potesse sentire il mio 'grazie'. Dopo di lui, altri animali emersero dagli alberi.

Sotto di me, Nate lanciò un ruggito feroce e tutti ci scagliammo contro i ribelli.

Io scattai lungo il ramo e mi librai in volo. Le squame mi incresparono la pelle insieme all'impeto del vento che mi sferzava. Le mie ali si spiegarono, catturandolo. Mi allungai e spalancai le fauci, sfoderando le zanne e sfrecciando verso i nemici.

Il suolo della foresta era un groviglio di corpi che si scontravano. Un orso nero, che sapevo essere Thomas, stava lottando contro un puma. Un lupo argentato sfregiato da cicatrici affrontava il giaguaro di Marco. Aaron teneva ferma un'enorme donnola che cercava di farlo cadere a terra. Tutto ciò che riuscivo a vedere intorno a me era un caos di pellicce, denti e schizzi di sangue.

Lasciai che un ruggito tuonasse dalla mia gola di drago. I ribelli trasalirono, dando ai miei mutaforma un'opportunità di attacco. Il puma si girò per scappare e io mi avventai su di lui, sbattendolo contro un tronco con una zampata. Un coyote inciampò all'indietro e tornò in forma umana. Cercò di afferrare il fucile che portava avvolto intorno all'esile vita.

Nelle mie orecchie risuonava l'eco dei colpi d'arma da

fuoco sparati tanto tempo prima, nella casa della mia famiglia. La mia rabbia prese il sopravvento. Oh, no, non gliel'avrei lasciato fare.

Presi fiato e sputai le mie fiamme – quelle roventi e distruttive. Il coyote guaì, poi di lui non rimase altro che un corpo carbonizzato con un pezzo di metallo fuso tra le mani.

Ce n'erano sicuramente altri che avevano portato armi all'assalto. Mi voltai, scrutando la folla. Dovevo individuare qualsiasi ribelle ne avesse una; potevano far precipitare le cose troppo in fretta. I miei alfa e i nostri combattenti erano troppo onesti per infrangere le loro leggi usando armi umane, anche quando i nemici giocavano sporco.

Lo scatto di una sicura mi fece attorcigliare le viscere. Mi girai e sprigionai il mio fuoco su una figura in piedi tra gli alberi, senza neanche avere il tempo di notare qualsiasi cosa all'infuori dei suoi capelli biondi e della pistola che aveva in mano. Un altro tizio tornato in forma umana armeggiava con la sua. Prima ancora che potesse puntarla, trasformai anche lui in cenere.

I miei muscoli formicolavano mentre mi fiondavo nella direzione opposta. Un altro uomo si muoveva tra il fogliame, all'altra estremità della radura. No, quello era Orion. Forse aveva pensato di difendesi meglio nelle sue dimensioni umane piuttosto che con i denti e le unghie di un ratto. Nudo, con le mani strette a pugno, colpì sul muso una volpe che si era scagliata su di lui, poi si scansò dai suoi denti aguzzi con un salto.

Mi lanciai con gli artigli verso il basso per far cadere l'animale di lato. Mentre mi abbassavo per bloccarlo a terra, un'altra figura umana si precipitò verso Orion, stringendo tra le mani un pugnale scintillante.

Un rantolo di avvertimento mi sfuggì dalla gola. Orion si voltò di scatto, ma non abbastanza in fretta. Il ribelle gli conficcò l'intera lunghezza della lama nello stomaco, fino all'impugnatura.

Le labbra di Orion si schiusero, il suo corpo si accasciò e il sangue iniziò a sgorgare dalla ferita.

No. Un'ondata di panico mi travolse, freddo e pungente. Colpii l'aggressore con un artiglio, scorticandogli un braccio e allontanandolo da Orion. Ma, nell'agitazione, persi il controllo del mio corpo di drago. Mi accartocciai su me stessa, tornando umana.

Barcollai verso Orion, piegato sulle ginocchia mentre cadeva all'indietro. Lo afferrai per le spalle appena prima che la sua testa sbattesse a terra.

"Ehi," dissi. "Ehi. Resta con me." I mutaforma potevano guarire da molte cose. Io stessa ero sopravvissuta a uno squarcio nel petto dopo l'attacco di un lupo. Se solo la lama avesse mancato il punto giusto, se fossi riuscita a fermare l'emorragia…

Macchie rossastre stavano già punteggiando le labbra dell'ex guardia. Merda, merda, merda. Strinsi la mano intorno al manico del pugnale, reprimendo il flusso di sangue. Come se il problema fosse quella ferita superficiale e non i tagli che gli aveva procurato all'interno.

Orion rabbrividì e gemette. "Mutaforma drago," mormorò.

"Sì, sono io," risposi illuminandomi. "Sono qui con te. Sei stato bravissimo. Hai reso la tua famiglia e il tuo alfa orgogliosi. Sei un vero eroe, hai capito? Quindi vedi di sopravvivere per festeggiare con noi."

Mi rivolse un sorriso sofferente. "Ce la sto mettendo tutta, ma non credo che..." Tossì e sussultò per il dolore della lama al movimento del suo petto.

"*No*," esclamai con tutta l'autorità che riuscii a tirar fuori. "Come mutaforma drago, ti proibisco di morire proprio adesso."

Cercò di ridere, ma gli venne fuori più una specie di gorgoglio. Oh, Dio, non c'era davvero niente che potessi fare, vero?

"Non ti ho detto... una cosa..." La sua voce si stava affievolendo.

"Non importa," dissi. "Ora devi riposare."

"No. Devi... C'è un felino. Uno... uno ai piani alti. Prende lui le decisioni. È alleato... con i ribelli. Loro lo ascoltano. Il resto del gruppo... quelli che restano... attaccheranno tutti insieme. Devi..."

Emise un gemito strozzato e il suo corpo fu attraversato da uno spasmo. "Orion!" Gridai, ma ormai i suoi occhi erano annebbiati. "No, no, dannazione."

Lo sentivo, per quanto non volessi credere a ciò che i miei sensi suggerivano. Era morto.

Mi sedetti sui talloni, con le spalle ricurve. Poi mi voltai di scatto per un tonfo alle mie spalle.

West aveva appena placcato la volpe. Dalla loro posizione, aveva evitato che balzasse verso di me. Il lupo era due volte più grande. Lei si contorceva e graffiava, ma non aveva alcuna possibilità.

E, chiaramente, lo sapeva anche lei. Come tanti dei ribelli che avevamo affrontato, non si sarebbe lasciata catturare. West trasformò una delle sue zampe in una mano per bloccarla meglio, ma lei conficcò il collo negli artigli dell'altra.

Lui si tirò indietro, ma era già troppo tardi. Le aveva tagliato la gola. Con un ringhio di frustrazione, spinse via il suo corpo inerte.

Poi lanciò un'occhiata al campo di battaglia, ormai decimato, e tornò in forma umana. Il suo sguardo incrociò il mio. Fece un cenno col mento verso Orion.

"È morto?"

Deglutii a fatica. "Il taglio... era troppo profondo. È successo tutto così in fretta. Ho fatto tutto quello che potevo." Le mie mani erano ricoperte del suo sangue. Le strinsi, portandole in grembo.

Lui le guardò per un attimo, poi riportò gli occhi sul mio viso. Un'ombra attraversò la sua espressione, rischiarandola appena. "Sì," disse a bassa voce. "L'hai fatto." Fece una pausa. "Ren–"

"Abbiamo un prigioniero!" Urlò qualcuno. Thomas, ansimante, era chino su un mutaforma muscoloso che era riuscito a bloccare tenendolo per i polsi. Alice, ancora in forma di aquila, teneva ferme le caviglie del ragazzo con gli artigli.

"Io ne ho un altro," annunciò Marco, sbucando dagli alberi con una lince che teneva per la collottola e le zampe posteriori. Le sue dita si strinsero quando il ribelle si dimenò per scappare. Nate si trasformò per andare ad aiutarlo.

Mi spinsi in piedi troppo velocemente, perché le mie gambe vacillarono e mi sembrò di aver lasciato lo stomaco a terra.

West mi afferrò per le spalle. "Ehi," disse con una voce rude e dolce allo stesso tempo. Mi strinse a sé, facendomi poggiare la testa sotto il suo mento. Eravamo entrambi nudi, ma con l'immagine del cadavere di Orion stampata in testa e il suo sangue che mi macchiava le mani, non c'era nulla di sensuale in quell'abbraccio. Mi abbandonai al calore della sua stretta cercando nient'altro che conforto dal compagno da cui non mi sarei mai aspettata di riceverlo.

Mi accarezzò i capelli, e le mie mani scivolarono sul suo petto. Merda, lo stavo sporcando di sangue. Non sapendo dove metterle, mi tirai indietro. Lui guardò le macchie rosse sui suoi muscoli e scosse la testa.

"Non fa niente," mi tranquillizzò. E poi, tornando al tono che più mi aspettavo da lui, disse: "Mi aspetto che tu faccia pasticci più grossi di questo, Scintilla."

Mentre gli facevo una smorfia, Aaron si avvicinò. Mi offrì un pezzo di muschio per pulirmi le mani. "Credo che avremo bisogno del tuo aiuto per interrogare i prigionieri," disse. "Non sembrano affatto propensi a parlare, proprio come gli altri."

Naturalmente. Feci un respiro profondo e osservai i risultati dell'imboscata. Almeno una ventina di corpi erano disseminati sul suolo della foresta, ma mi sembrava che fossero tutti nemici, a parte Orion. Un paio di uomini di Nate erano distesi a terra mentre altri curavano le loro ferite, ma nessuno aveva riportato lesioni fatali. C'erano meno ribelli di quanti ne avevo visti all'attacco, però.

"Qualcuno è riuscito a scappare?" Domandai.

Nate annuì. "Qualche vigliacco ha tagliato la corda quando ha visto la piega che stava prendendo la battaglia.

Non molti, ma sono stati troppo veloci perché riuscissimo a prenderli."

Maledizione. Guardai la lince e poi il ribelle immobilizzato a terra. "Avete una scelta: potete parlare adesso oppure vedervela con le mie fiamme."

L'uomo a terra mi fissò e la lince mi rispose con un soffio. Beh, immaginai che fosse la loro decisione.

"Scatena il tuo fuoco e noi ce li buttiamo dentro," suggerì Marco. "Non credo che andranno da nessuna parte quando li avrai cotti a puntino."

"Okay." Gli lanciai un'occhiata. "Orion mi ha detto che c'è un felino importante, uno della tua famiglia, che prende alcune delle decisioni e architetta complotti con i ribelli."

Gli occhi di Marco si fecero cupi. "Interessante," rispose con un filo di voce tagliente. "Vediamo cos'hanno da dirci questi due al riguardo, che ne dite?"

Chiusi gli occhi, tornando a percepire il drago dentro di me. Stavolta il cambiamento fu più lento. I miei muscoli si allungavano e si espandevano, i nervi si contorcevano. Avevo già esaurito troppe energie durante la lotta, ma me n'erano rimaste abbastanza per far funzionare l'interrogatorio.

Mi stagliai sugli altri al centro del piccolo boschetto. I miei mutaforma si spostarono per lasciarmi spazio. Mi concentrai sul bruciore che formicolava alla base della mia gola, sulla mia rabbia per la morte di Orion e di tutti gli altri, e sul bisogno che avevamo di sapere cos'altro avessero in serbo per noi.

Poi spalancai la bocca e lasciai che le fiamme violette si propagassero.

Marco lanciò la lince nel fuoco per prima. L'animale rabbrividì e si trasformò in una donna che si rannicchiò al centro delle fiamme. "Con chi hai parlato tra i miei simili?" Esordì subito Marco.

"Non ho parlato con nessuno," rispose la mutaforma con un lamento. "Nessuno mi dice niente. Ho solo fatto del mio meglio per collaborare."

"Sei a conoscenza di qualche alleato tra i felini – o di qualunque altra specie – con cui i ribelli siano in contatto?" Chiese Aaron, formulando la sua domanda con attenzione.

La donna scosse la testa. "Nessuno, eccetto uno dei mutaforma eterogenei. E quello lì." Indicò Orion. "Anche se non ci ha affatto aiutati."

"Qual era il vostro piano se l'imboscata qui non avesse funzionato?" Chiese Nate.

"Non ne sono sicura."

West si schiarì la voce. "Cosa sai dei piani degli altri ribelli?" S'intromise.

Lei tremò di nuovo, cercando di allontanare la testa dalle fiamme, ma non poté resistere al loro potere. "Stavano architettando qualcosa vicino alla tenuta dei felini," sputò il rospo. "Non lo so di preciso, ma si stavano preparando per qualcosa di grosso in caso avessimo fallito qui."

Qualcosa di grosso. Orion aveva detto che il resto dei ribelli si stava preparando a sferrare un attacco brutale. Quanti ne erano rimasti?

Lanciai un altro fascio incandescente sulla mutaforma lince, ignorando il pizzicore che iniziavo ad avvertire nei muscoli.

"Vogliamo i dettagli," disse Marco. "Devi dirci tutto quello che sai."

"Questo *è* tutto quello che so." La sua voce divenne un piagnucolio.

Aaron fece un gesto a Nate, forse aveva capito che mi stavo indebolendo. L'orso afferrò la donna e la trascinò fuori dalle mie fiamme della verità.

Thomas e Alice erano già pronti con il loro prigioniero. Il goffo albatro tremava nel bagliore, ma non ebbe più risposte della lince. La mia gola iniziò a pulsare. Feci segno ai miei compagni e West fece un'ultima domanda.

"Dove potrebbero essere andati quelli che sono fuggiti?"

"Non ne sono certo," rispose il tizio con voce affannata. "Forse a riunirsi con il gruppo principale, in Florida?"

Le mie fiamme si spensero, così come il mio drago. Mi rimpicciolii nel mio corpo umano, subito colta da un attacco di tosse. Che eleganza.

Quando ripresi il controllo dei miei polmoni, gli uomini di Nate stavano già portando via i due ribelli. "Cosa ne farete di loro?" Domandai.

"Rinchiudeteli e sedateli finché non decideremo la loro punizione," sospirò Nate. "Erano solo dei tirapiedi. Li bandirei, ma erano già fuori dalla famiglia e guardate cos'hanno combinato."

I nostri prigionieri non sapevano abbastanza. Avevo scalato un'intera montagna per appropriarmi del potere di quelle fiamme viola – il potere di estorcere la verità. Nessun drago prima di me era riuscito a risolvere il mistero di Sunridge. Ma non era comunque bastato per cambiare le carte in tavola.

"Per quanto ne sappiano, sembra che il gruppo che sta aspettando in Florida sia quello più numeroso," sottolineai. "Lo ha chiamato il 'gruppo principale'. Coincide con quello che mi ha detto Orion."

"Quindi, se riuscissimo a sconfiggere i ribelli che sono lì potremmo risolvere il problema una volta per tutte," aggiunse West. "Ma avremmo molte più speranze se sapessimo dove diavolo si trovano in Florida."

"Siamo ancora diretti lì?"

"Penso che sia la cosa migliore da fare," replicò Aaron. "I ribelli non sanno cosa abbiamo scoperto. Dobbiamo andare alla tenuta dei felini, comportarci come se non sospettassimo niente e investigare da lì."

"E quando scoprirò chi dei miei simili sta aiutando quegli svitati, potete star certi che volerà della pelliccia," commentò Marco, mostrando i denti in un ghigno feroce.

Nate si voltò, lasciando cadere lo sguardo sul corpo esanime di Orion. Poi osservò il sangue che mi sporcava la pelle, serrando le mascelle.

"Sconfiggeremo i ribelli," disse con un tono che non ammetteva discussioni. "E il topo muschiato avrà un funerale degno del rispetto che merita."

12

Aaron

Non mi sentivo mai a mio agio a viaggiare in aereo. Più tempo passavo distante dal suolo, più il mio corpo mi ricordava con una sorta di prurito che ero destinato a volare in altri modi – non a lasciare che un pezzo di metallo facesse il lavoro al posto mio. Se avessi potuto scegliere, avrei sempre preferito un mezzo di trasporto terrestre.

Mi stesi sul sedile in pelle, che avevo reclinato il più possibile. Ero ancora un po' stanco per aver trascorso la notte precedente sveglio e con i nervi a fior di pelle, così me n'ero andato nella cabina posteriore del jet privato e avevo chiuso la tenda. Ma anche così non ero riuscito a rilassarmi.

Considerate le circostanze, raggiungere la tenuta dei felini il prima possibile era sembrata l'opzione migliore. Se fossimo riusciti ad affrontare i ribelli e i loro alleati in Florida prima che avessero avuto il tempo di finire di prepararsi, tanto meglio. Così avevo accettato quando Nate aveva suggerito di farci venire a prendere con un jet da uno dei suoi uomini, in un aeroporto vicino al luogo dell'imboscata.

Ma, anche con le tendine tirate, l'abitacolo non era del tutto buio, solo più in ombra. Con il rombo del motore sotto di me non ero riuscito ad addormentarmi completamente, ma almeno avevo sonnecchiato un po', ed era bastato a farmi sentire un po' meno stanco.

Passai il resto del tempo a prepararmi mentalmente agli eventi che ci aspettavano. Le famiglie dei felini e dei volatili non erano mai andate molto d'accordo, figurarsi con un traditore in circolazione. Gatti e uccelli – una pessima accoppiata.

Qualcuno bussò sul muro fuori dalla cabina. "Aaron?" Chiamò Serenity. "Ti dispiace se mi unisco a te?"

Mi raddrizzai, spingendo la sedia in posizione verticale. "Certo che no, entra pure."

La mia compagna scivolò oltre la tenda. Mi sorrise, ma la preoccupazione e il dolore erano evidenti nei suoi occhi. Sentii una fitta al cuore. Le tesi la mano, facendole segno di sedersi con me.

I sedili erano disposti in coppie, uno di fronte all'altro, con un piccolo tavolino in mezzo. Serenity sprofondò in quello di fronte al mio con un sospiro, poggiando i gomiti sul tavolo. "Sei riuscito a riposare un po'?" Chiese.

Si preoccupava prima di tutto di me, nonostante avesse così tanto per la testa. Ogni volta che pensavo di non poterla amare di più, mi rubava un altro pezzo di cuore. "Abbastanza," risposi. "Penso di essere pronto a gestire un branco di gatti, adesso."

Curvò le labbra in un sorriso divertito. "Immagino che non saranno super amichevoli con te, vero?"

"Ne dubito. In realtà non ho mai visitato la loro tenuta; negli ultimi anni ci siamo tenuti a una certa distanza."

"Perché non c'era un drago a tenervi uniti."

"Già. Ma ora quei giorni sono finiti." Strinsi le sue mani nelle mie. "Qualcosa ti preoccupa. Volevi parlarmene?"

Si morse il suo perfetto labbro rosa e i suoi occhi si fecero cupi. "Credo sia per ciò che hai appena detto. Le tensioni tra le diverse famiglie. Tutti questi drammi con i ribelli, per poi scoprire che non solo sono in grado di convincere alcuni mutaforma a passare dalla loro parte, ma hanno anche qualcuno ai piani alti che orchestra gli attacchi…"

"È dura per tutti noi accettare questa realtà," dissi. "Sai che non è stato facile per me scoprire che fossero arrivati a una dei miei."

Annuii. "Ma… ognuno di voi gestisce i propri simili a modo suo. Io invece dovrei unire tutti in qualche modo. Convincerli… beh, che credere in me sia la cosa migliore da fare. Ma li conosco a malapena. Conosco a malapena la mia stessa famiglia!"

"Non è colpa tua. Nessuno ti ritiene responsabile."

"Beh, non ne sarei così sicura," rispose sarcastica. "Visto com'erano andate le cose alla tua tenuta, pensavo che forse me la stavo cavando bene. Ma non è stato così facile sopportare la diffidenza di alcuni dei mutaforma eterogenei. E ho la sensazione che i felini saranno ancora più scettici. A stento si fidano della guida di *Marco*, e lui è uno di loro."

Le strinsi la mano così come sentivo stringersi il mio cuore. "Guarda quanta strada hai già fatto. Stai affrontando la situazione meglio e più in fretta di quanto potessimo chiedere, Serenity. C'è ancora del lavoro da fare – non fingerò che non sia così – ma so che sei all'altezza della sfida."

"È solo che…" Il suo sguardo scivolò via da me. La sua voce si affievolì. "E se cercare di riportare le cose com'erano non fosse la cosa migliore per tutti? Ovviamente il modo in cui i ribelli stanno cercando di cambiare le cose non è giusto, ma se il tempo in cui i draghi potevano conciliare tutti fosse finito? Forse siamo mancati per troppo tempo, e cercare di ricreare il passato sta solo causando più problemi."

"Lo pensi sul serio?" Domandai.

"No," rispose con un filo di voce. "Sento di essere nel posto giusto, tra la mia gente. Voglio essere quello di cui hanno bisogno, ma non so se posso farlo. Ed è stato versato troppo sangue da quando sono tornata – anzi, *perché* sono tornata."

Oh, mia adorata compagna. Addossarsi così tante responsabilità, più di quante avrebbe dovuto averne. "Vieni qui," le dissi tirandola dolcemente per le mani.

Si alzò e fece il giro del tavolo. La feci sedere sulle mie ginocchia, quasi annullando distanza tra i suoi occhi e i miei. La pressione delle sue cosce sulle mie scatenò la mia voglia, ma la ignorai. Le scostai una ciocca di capelli dalla guancia, e lei mi guardò con affetto e un accenno di desiderio a sua volta.

"Ti ho già detto che a volte mi sono sentito un estraneo anch'io, sia tra gli alfa che tra i miei stessi simili," cominciai. "So cosa si prova a chiedersi se si è davvero quello di cui la gente ha bisogno, perché neanche loro sono sicuri che tu lo sia. Ma da ciò che ho visto e vissuto, so che quello che conta è semplicemente *esserci*, difenderli in ogni modo possibile, ogni volta che puoi. Ciò che serve alle famiglie adesso è qualcosa di stabile a cui aggrapparsi. Tu puoi essere la certezza che cercano."

"Lo dici come se fosse facile," rispose.

Ridacchiai. "So che non lo è, ma tu puoi farcela. Tieni duro. Trova un equilibrio tra tutte le loro necessità. L'astuzia felina scorre nelle tue vene, così come la grazia dei volatili, la fedeltà dei canidi e la forza degli orsi. È a questo che sei destinata."

Ren

Chinai la testa ancora più vicino a quella di Aaron. Le emozioni turbinavano caotiche dentro di me. "Non lo so," dissi. "Non mi sento così stabile."

"No?" Mormorò, sollevando un sopracciglio.

Un'emozione in particolare mi scuoteva più insistentemente delle altre. Mi inumidii le labbra. "No.

Anzi, sembra che tutto ciò a cui riesca a pensare adesso è baciarti."

Il mio compagno intonò un verso di approvazione. "Credo che potremmo trovare un equilibrio anche in questo caso."

Fece scorrere le dita sulla mia guancia e avvicinò la sua bocca alla mia. Se quella era la sua dimostrazione, ero decisamente pronta per la lezione.

La sua lingua scivolò sensuale sulla mia e io ricambiai felicemente. Mi sistemai meglio, mettendomi a cavalcioni sul suo grembo. Il rigonfiamento della sua virilità sfiorava il mio centro attraverso i vestiti, e improvvisamente non riuscivo a pensare ad altro che a *lui*.

Lo baciai con passione, infilando le dita tra i suoi capelli. Ricambiò stringendomi la vita. Poi, con un leggero strattone, mi posizionò perfettamente a incastro con lui.

Un gemito mi sfuggì dalla gola. Non riuscivo a farmi a meno di strusciarmi su di lui, inseguendo il piacere di quel contatto. Aaron gemette, lasciando la mia bocca per tracciare una scia di baci lungo il mio collo.

"Guarda quanto facilmente riusciamo a trovare il ritmo perfetto," sussurrò.

"Sei il mio compagno," risposi con un filo di fiato. "Siamo fatti per questo."

Si fermò per guardarmi negli occhi. "E loro sono la tua famiglia," disse. "*Tutti*. Sono il tuo destino."

Sentii un doloroso nodo alla gola. Poggiai la fronte sulla sua. "Mi sei mancato così tanto," mormorai. "So che sei stato via solo per una notte, ma–"

"Lo so," rispose con voce densa. "Quando mi sono ritrovato bloccato vicino all'accampamento dei ribelli, l'unica cosa su cui riuscivo a concentrarmi eri tu – tenerti al sicuro da loro. Immagino che diventerà più facile quando avremo passato più tempo insieme–"

"Ma quel momento non è ancora arrivato," terminai la frase per lui. "Ora voglio tutto."

Il desiderio oscurò i suoi brillanti occhi azzurri. "Puoi averlo."

Le nostre bocche si scontrarono nuovamente in un bacio infuocato e famelico. Le sue mani risalirono sotto la mia maglietta, fino ai miei seni. Ansimai nella sua bocca mentre mi accarezzava i capezzoli, rendendoli sempre più turgidi. Inarcai i fianchi per incontrare i suoi.

Mi sfilò la maglia e lanciò via il reggiseno, poi le sue labbra e la sua lingua presero il posto delle mani sulla punta dei miei seni.

Ogni morso e ogni leccata mi inondava di scintille di piacere. Gemetti, spingendomi nel suo abbraccio con una disperazione che non mi imbarazzava più. La sua eccitazione era tanto intensa quanto la mia.

La pressione tra le mie gambe cresceva in un dolce dolore. Allungai la mano in mezzo a noi per accarezzare la sua erezione, e il suo respiro si fece affannato sulla mia pelle. Inclinò i fianchi per permettermi di toccarlo meglio.

Con uno scatto, abbassai la cerniera dei suoi pantaloni. Le mie dita scivolarono sotto il tessuto dei suoi boxer per sentire la sua pelle.

"Troppi vestiti," mormorai.

Aaron lasciò andare una risatina roca. "Possiamo risolvere insieme anche questo problema."

Mi sollevai su di lui in modo che potesse sfilarmi i jeans e le mutandine, poi gli tirai giù i pantaloni a mia volta. La sua mano si immerse tra le mie gambe, e con le dita iniziò a disegnare cerchi sul mio clitoride. Ansimai di nuovo, cavalcando la sua mano. Ma non era la parte del suo corpo che volevo davvero.

Afferrai nuovamente la sua lunghezza marmorea. Il modo in cui la sua espressione si addolcì per il piacere, quando chiusi le dita intorno a lui, non fece altro che infervorarmi ancora di più. Mi abbassai su di lui, gemendo mentre mi riempiva.

"Serenity," sussurrò quasi come una supplica. Si spinse dentro di me, regalandomi una nuova ondata di piacere. Mi dondolai su di lui, inseguendo l'estasi che cresceva e cresceva.

Ci muovevamo all'unisono, scandendo l'uno il ritmo dell'altra. Non sapevo se avesse del tutto ragione sul compito più importante che avevo, ma quello? La passione di quel momento non poteva venirmi più naturale.

La mia aquila mi rubò un altro bacio. Poi tornò a cingermi il seno, accarezzandolo a ogni movimento dei suoi fianchi. Percorsi il suo petto come se potessi toccare con mano il calore tra noi. Il bruciore che mi attraversava si dilatò, riempiendomi tutti i sensi.

Iniziai a muovermi più velocemente, volando più in alto. Le spinte di Aaron si fecero più forti, e io precipitai oltre l'orlo del precipizio, nell'estasi più totale.

Nonostante l'orgasmo che mi scuoteva, non mi fermai, ma mi bastò stringermi attorno a lui per portarlo con me oltre il punto di non ritorno. Soffocò un verso di soddisfazione mentre si riversava dentro di me.

Mi abbandonai addosso a lui, adorando la sensazione della sua pelle calda e madida di sudore sulla mia, del suo profumo salmastro e muschiato. Mi strinse tra le braccia, cullandomi, e poi mi baciò la fronte.

"Se mai avessi bisogno di un'altra dimostrazione..." Disse.

Risi e lo abbracciai forte. Non ero ancora sicura di essere pronta a tutto ciò che ci aspettava, ma almeno sapevo che l'avrei affrontato insieme ai miei compagni.

13

Ren

Ormai avevo visitato le tenute di due alfa, perciò non avevo motivo di sentirmi così nervosa. Eppure, nell'istante in cui il jet privato toccò terra ai confini della proprietà dei felini, appena a sud di Miami, il mio stomaco si trasformò in un enorme nodo.

Non dovevo incontrare solo una nuova famiglia, ma anche il traditore in agguato tra i ranghi più alti della comunità. E forse ce n'era più di uno. Orion non era stato poi così coinvolto negli affari dei ribelli, quindi c'erano sicuramente molte cose di cui non lo avevano messo al corrente.

Marco aveva già chiesto alle sue guardie di aspettarci alla pista di atterraggio. "Ci daranno il via libera quando avranno finito di perlustrare il perimetro," disse.

West si appoggiò allo schienale del sedile con le spalle tese. "E sei sicuro che possiamo fidarci di *loro*?"

Marco guardò il lupo con gli occhi socchiusi, ma allo stesso tempo sorrise. "Confido che non siano *tutti* traditori, e chi non lo è catturerà tutto ciò che va catturato."

Il mio cellulare iniziò a squillare, così inaspettatamente che trasalii. Tutti i ragazzi mi guardavano incuriositi. Nessun altro aveva quel numero a parte Kylie. Presi il telefono e risposi in fretta e furia.

"Kylie, che succede? C'è qualcosa che non va?"

"Niente affatto!" La sua voce allegra risuonò dall'altro capo della linea. "È tutto spettacolare. Soprattutto ora che sono atterrata a Miami. Quindi, esattamente, come arrivo dall'aeroporto a questa tenuta di mutaforma?"

Rimasi così di stucco che non riuscivo neanche a pensare. "Ehm, cosa?"

"Ho preso un aereo per venire a trovarti! Hai detto che saresti stata vicino Miami, e c'era un'offerta fantastica. Il volo costava *così* poco, non ho potuto resistere."

Aprii e chiusi la bocca un paio di volte prima di riuscire a parlare. "Okay. Okay. Oh, Dio. Fammi solo… parlare con i ragazzi."

Che mi stavano ancora fissando. Marco aveva l'aria divertita, Aaron curiosa, Nate preoccupata, e West… beh, a volte era decisamente difficile decifrare l'espressione di West. In quel momento l'avrei definita 'torva'.

Immaginai che dovessi rivolgermi a Marco per tutto ciò che riguardava la logistica, lì. Coprii il microfono del telefono con il palmo della mano. "È all'aeroporto di Miami. Possiamo… andare a prenderla? Vuole farci visita."

"Non sono sicuro che sia il momento migliore," sottolineò Aaron.

Oh. Giusto. Nel mio shock, avevo completamente dimenticato che non eravamo davvero al sicuro nella tenuta. E Kylie non aveva super poteri da mutaforma su cui contare se la situazione fosse precipitata. Un brivido mi percorse. "È già qui. Non so neanche se può permettersi di comprare un biglietto per tornare indietro."

Marco stava già agitando la mano in aria con nonchalance. "Quello non è un problema, possiamo pagare tutto quello che serve."

Riportai il cellulare all'orecchio. "In realtà, Kylie… Adesso è davvero un brutto momento. Abbiamo scoperto che uno degli uomini di Marco sta aiutando i ribelli, e sembra che stiano pianificando un attacco mentre siamo qui. Non voglio sottoporti ad altri rischi, anche se sarei davvero felice di vederti."

Ci fu un attimo di silenzio. "Hai paura che io sia d'intralcio," rispose. Mostrarsi triste non era da lei, ma capii che era delusa dall'appiattimento del suo entusiasmo.

"No!" Esclamai. "È solo che… se dovesse esserci una battaglia, o qualcosa del genere, non potresti difenderti come noi."

Kylie fece un profondo respiro. "E se a me stesse bene così?" Disse. "Sono sopravvissuta per tanto tempo in mezzo a persone più grosse e forti di me. Non sarò un peso, Ren. Potrei perfino essere d'aiuto! Sono stata io a scoprire il primo indizio di tua madre." Fece un'altra pausa. "A meno che tu non mi voglia affatto lì."

Mi si strinse il cuore. La volevo eccome, disperatamente. Soprattutto per parlarle di persona, invece che attraverso uno schermo. Era *davvero* sopravvissuta a molte cose in città, durante gli anni che avevamo vissuto per strada. Forse stavo sottovalutando quanto potesse essere forte – e utile – un'umana.

"Certo che sì," risposi velocemente. "Credimi, è così. Hai ragione. Dirò a Marco di mandare qualcuno. Ti scrivo tutti i dettagli non appena so qual è il piano."

Quando riattaccai, Marco mi guardò con la fronte aggrottata. Sprofondai nel sedile. "Aveva un'argomentazione molto valida, e Kylie è la persona più tosta che conosca, anche se non sembra."

"La decisione è tua, principessa," replicò Marco. "Io non ho problemi a mandare qualcuno."

Aspettai che uno degli altri alfa – probabilmente West – obiettasse, ma nessuno lo fece. "Va bene. Quando lo fai, fammi sapere dove far aspettare Kylie."

Marco annuì, poi tese un braccio verso di noi. "Possiamo andare. Il mio staff ha preparato un pranzo informale per un incontro e un saluto veloce. Vi direi di comportarvi bene, ma loro probabilmente non lo faranno, quindi fate come volete."

Alice scivolò accanto a me mentre uscivamo dall'aereo. "Terrò d'occhio anche la tua amica, se vuoi."

Sgranai gli occhi. "Se è un disturbo–"

"Niente affatto," rispose decisa. "Gli amici sono preziosi. Dio solo sa quanti te ne serviranno, e non vedo il motivo di fare discriminazioni su chi o cosa siano. Se lei è importante per te, mi basta."

Le sorrisi, più commossa di quanto sapessi esprimere a parole. Sembrava proprio che mi fossi fatta un'altra vera amica durante la mia permanenza nella comunità.

La proprietà di Marco era più nell'entroterra di quella di Aaron, ma la salsedine nella brezza indicava un lago salmastro nelle vicinanze. Per il resto, il posto sembrava completamente diverso dalle altre tenute che avevo visitato. Intorno ai sentieri cresceva una rigogliosa vegetazione tropicale, e delle palme ci facevano ombra con le loro fronde. Il caldo estivo e l'umidità saturavano l'aria.

La casa, quando la raggiungemmo, era un'enorme villa coloniale tutta color pesca, eccetto le decorazioni ornamentali bianche intorno alle finestre e alle porte. Un'enorme serra quasi delle stesse dimensioni del resto dell'edificio si ergeva sull'ala nord, con i vetri oscurati perché nessuno potesse vedere al suo interno.

Avendo soggiornato brevemente in una delle dimore dell'alfa dei felini, sapevo cosa aspettarmi dall'interno della villa: tappeti spessi, mobili vittoriani antichi e velluto praticamente ovunque. Mi sentii vestita male nell'istante in cui varcai la soglia d'ingresso. Marco mi fece strada verso l'ampia sala da ballo dove si sarebbe svolto il suo 'pranzo informale'.

Decine di mutaforma – tutti quelli che vivevano nella tenuta, immaginai – erano già riuniti lì, a spizzicare leccornie dai vassoi disposti sui tavoli lungo le pareti. Molti di loro ci guardarono, ma nessuno si affrettò a salutarci.

Tipica indifferenza da gatti, mi ritrovai a pensare trattenendomi dal sogghignare. Già, negli atteggiamenti, i felini restavano decisamente fedeli ai loro spiriti animali.

Ma proprio in quel momento uno di loro poteva star tramando contro di noi. Studiai attentamente ognuno di loro mentre Marco mi accompagnava più avanti nella sala.

"Alfa," salutò una donna del primo gruppo a cui ci avvicinammo, chinando leggermente la testa in segno di riverenza. Capii dal suo odore che era una leonessa. Mi rivolse i suoi occhi dorati. "E lei è il mutaforma drago." Il suo tono non lasciò trasparire alcuna emozione, ma sentivo che mi stava esaminando. Sollevai istintivamente il mento, desiderando di aver insistito per indossare qualcosa di più elegante di jeans e maglietta.

"La grande Serenity in persona," mi presentò Marco languidamente, ma senza alcun accenno d'ironia. "Spero che tutti la facciate sentire ben accolta."

"Naturalmente," replicò la leonessa. Mi tese l'elegante mano perché la stringessi. "Coreen dei Bushnell."

"È un piacere conoscerti," dissi evitando qualsiasi commento sul calore del suo benvenuto – o meglio, sulla sua totale mancanza.

Le altre presentazioni andarono più o meno nello stesso modo: uno sguardo criptico, un'occhiata veloce, una lieve dimostrazione di rispetto. I felini erano decisamente molto diversi dagli altri mutaforma che avevo incontrato. Non percepii vibrazioni ostili da nessuno di loro, ma in realtà era difficile dire chi fosse semplicemente indifferente e chi invece fosse del tutto sprezzante.

"Sono sempre così?" Domandai bisbigliando a Marco quando ci fermammo per un momento da soli, accanto a uno dei tavoli. "Oppure stanno insultando te? O me? O qualcun altro?"

Ridacchiò. "Principessa, questo è il massimo dell'entusiasmo per la leadership che abbia mai visto in questa famiglia. Anzi, sono impressionato." Voltò la testa e sospirò. "Beh, lo ero finora. Preparati."

Per cosa? Volevo chiedergli, ma il problema che aveva visto in arrivo era già da noi.

"Ma guarda un po'," esordì il mutaforma lince che si accostò alla mia destra. Non riuscivo a capire se le ciocche argentate tra i suoi capelli fulvi fossero dovute al colore del suo animale o all'età, ma se aveva più di trentacinque anni, li portava bene. Mi rivolse un sorriso sornione mentre mi contemplava. "Sei la più bella mutaforma che abbia mai visto entrare da quella porta. Senza offesa per l'alfa."

Strizzò l'occhio a Marco, che sorrise con indulgenza. "Figurati, Silvan. So benissimo quanto sono affascinante anche senza le tue lusinghe."

"Magari, mentre sei occupato con i tuoi impegni, potrei portare questo tesoro a fare un giro della tenuta." L'attenzione di Silvan tornò su di me. Praticamente la sua voce trasudava civetteria. "Ci sono così tante cose che potrei mostrarti."

Oh, non avevo dubbi. Strinsi le labbra, non sapendo se ero più propensa a ridere o a mostrarmi indignata. Mi stava davvero corteggiando di fronte al mio compagno?

A Marco non sembrava interessare, ma d'altronde aveva l'abitudine di nascondere le sue emozioni. E forse quel tizio pensava di passarla liscia con il flirt perché il suo alfa non era ancora *completamente* mio compagno.

Se ero stata ben predisposta per quell'incontro, tutto cessò in quel momento. Mi rivolsi alla lince con sguardo deciso. "Apprezzo l'offerta, ma so che Marco si prenderà cura di me alla perfezione." Contemporaneamente, presi l'alfa sottobraccio. Il mio giaguaro non disse nulla, ma sentii un fremito di soddisfazione attraversare il suo corpo.

Silvan sembrò impassibile. "Beh, se dovessi cambiare idea, sono certo che riuscirai a trovarmi." Si allontanò.

"Wow," esclamai. "È stato senz'altro… insolito."

"Forse dovrei avvisarti che potresti ricevere almeno altre tre offerte simili prima della fine della giornata," commentò Marco. Il suo sorriso si fece amaro.

Un mormorio si levò vicino alla porta, dall'altro lato della sala. Guardai in quella direzione, e il mio sguardo fu catturato dallo shock di una capigliatura rosa fluo. Il cuore mi balzò in gola.

"Kylie!"

Sfrecciai attraverso la stanza, improvvisamente felice di non aver indossato un abito – potevo muovermi molto più velocemente con le scarpe da ginnastica che con i tacchi. La mia migliore amica strillò quando mi vide. Ci gettammo le braccia al collo a vicenda, ma io feci attenzione a non stringerla *troppo*, vista la mia ritrovata forza da drago. Non che Kylie fosse un peso piuma qualsiasi. Era piccola, sì, ma carica di tenacia.

Quando la lasciai andare, si guardò intorno nella stanza con gli occhi che brillavano. "È incredibile, Ren. E io che pensavo che la casa di Marco a New York fosse lussuosa. Quindi questa sarebbe tipo la capitale dei mutaforma felini?"

Sorrisi. "Qualcosa del genere. Non posso credere che tu sia qui! Quanto tempo puoi restare?"

"Dovrei rientrare al lavoro martedì, ma posso sempre telefonare. Non ho ancora usato nessun giorno di malattia. Oh mio Dio! Ti vedrò trasformare in un drago." Mi afferrò le mani e iniziammo a piroettare in un balletto elettrizzato. "Ma dove sono i tuoi maschioni?"

Alzai lo sguardo e mi resi conto che eravamo diventate il centro dell'attenzione. I mutaforma nella stanza stavano fissando me e la mia amica – beh, soprattutto la mia amica. Una donna aveva la bocca spalancata.

"Perché un'umana è stata ammessa nella nostra tenuta?" Domandò.

Mi avvicinai automaticamente a Kylie, con i nervi a fior di pelle. Marco ci venne incontro con un'aria di autorità che raramente gli avevo visto sfoderare, ma era la prima volta che lo vedevo in mezzo a così tanta della sua gente.

"L'umana è un'alleata del vostro drago," annunciò, alzando la voce abbastanza da farsi sentire in tutta la stanza. "E voi la tratterete con lo stesso rispetto che riservereste a lei. Ci sono obiezioni?" Sfoggiò un sorriso tagliente.

Diverse teste si voltarono. Altri sguardi si abbassarono. La donna che si era lamentata mormorò qualcosa, e Marco le chiese con voce pacata e chiara: "Hai qualcosa da dire, Livia?"

Le sue labbra si appiattirono e il suo viso impallidì leggermente. "Nulla, signore."

Marco non sembrava convinto, ma lasciò correre. "Una visita a sorpresa, ma gradita," disse a Kylie mentre si avvicinava a noi.

L'espressione di Kylie si era fatta un po' rigida. "La mia presenza qui non sarà un problema, vero? Nell'altro villaggio sembravano tutti così tranquilli, non pensavo che si sarebbero arrabbiati."

"Gli passerà. Noi felini ci adattiamo facilmente." Il

sorriso che le rivolse fu molto più caloroso di quello offerto dalla folla.

"Andiamo," dissi afferrando il braccio di Kylie. "Devi essere affamata. Qui c'è qualsiasi cosa da mangiare." Mantenni un tono allegro anche se il cuore mi batteva all'impazzata. Alice mi guardò dall'altra parte della stanza e io annuii. Volevo assolutamente che coprisse le spalle alla mia amica, in mezzo a quelle persone.

Eravamo quasi arrivate ai tavoli quando una nuova voce rimbombò nella stanza. "Alfa! Se davvero meriti di essere chiamato così."

Irritata, piantai i piedi a terra. Un imponente mutaforma tigre avanzava verso Marco, con la testa alta e un alone di minaccia negli occhi. Quel tizio doveva avere almeno mezzo metro e venti chili in più del mio giaguaro.

Un brivido mi percorse la pelle mentre il mio corpo si preparava istintivamente a trasformarsi. Mi trattenni. Non sarebbe stato d'aiuto a Marco se la sua compagna avesse combattuto le battaglie al suo posto.

"Julius," rispose Marco con tono tranquillo. "Cosa vai blaterando stavolta?"

Il mutaforma tigre si fermò a pochi metri dal suo alfa e si accigliò. "Io penso che tu non sia abbastanza forte per guidarci tutti. Che un vero alfa avrebbe suggellato il legame con il drago, e non si sarebbe fatto da parte mentre i capi delle altre famiglie lo facevano, lasciandoci tutti in attesa. Dico che potrei schiacciarti con una zampata."

Mi congelai sul posto. Gli altri mutaforma rimasero completamente in silenzio, ancora più immobili di quando era arrivata Kylie. Marco incrociò le braccia sul petto e piegò la testa di lato. "È una sfida formale o stai solo facendo lo spaccone?"

"Considerati sfidato," ringhiò Julius. "Stasera, a meno che tu non voglia cercare di tirarti fuori e fare il vigliacco."

"Non ho bisogno di tirarmi fuori da niente," replicò Marco con leggerezza. "Sarò felice di risolvere la questione stasera. Che vinca il migliore."

14

Ren

Kylie avvolse il braccio intorno al mio mentre un addetto ci conduceva nel corridoio verso le nostre stanze. Abbassò la voce. "Allora… tutta questa storia della sfida… Che cosa significa esattamente per Marco?"

Mandai giù un nodo in gola. Avevo il cuore a mille da quando quel mutaforma tigre era uscito tutto spavaldo dalla sala da ballo. Avrei voluto avere un'idea più chiara anch'io di cosa significasse una sfida.

"Non ne sono sicura," risposi. "Quel tizio vuole la posizione di alfa. Immagino che combatteranno. Stasera." Ma quando, tra appena qualche ora? Marco non poteva aver avuto il tempo di prepararsi all'idea.

Era sempre stato *così* essere un'alfa, per lui? Sfide a caso dietro ogni angolo, tornare nella propria tenuta e non poter passare un'ora senza che un idiota qualsiasi lo attaccasse? Chiunque si sarebbe stancato molto in fretta di una situazione del genere. Tutto d'un tratto, non fu più così difficile credere a quando aveva detto che sarebbe stato felice di rinunciare al suo titolo.

Ma non poteva farlo senza smettere di essere il mio compagno. Se avesse lasciato il ruolo di alfa, il nostro legame sarebbe passato a chiunque sarebbe stato nominato al suo posto.

E lo stesso valeva se avesse perso la sfida.

"Ma se la caverà, giusto?" Domandò Kylie. "Voglio dire, è rimasto al comando così a lungo."

"Già," risposi. Avrei tanto voluto essere certa della vittoria di Marco. Nel profondo della mia mente, continuavo a vedere la tigre torreggiare su di lui – più alta e massiccia. Le dimensioni non erano tutto, ma contavano parecchio in un combattimento.

"Accidenti. Non immaginavo che la situazione fosse così tesa. Mi dispiace se ho peggiorato le cose."

"Ehi." Feci girare Kylie verso di me mentre l'addetto apriva la porta della sua stanza. "Sono felice che tu sia qui. Qualsiasi problema creato dalla gente di Marco è colpa loro, non tua. Grazie per essere venuta. Solo averti qui con me rende tutto più facile da gestire."

La mia amica mi sorrise e mi abbracciò di nuovo. "Sono qui per questo."

Ricambiai l'abbraccio e poi mi tirai indietro. "Voglio comunque che tu sia al sicuro. Puoi rintanarti nella stanza degli ospiti per un po'? Dovrei proprio parlare con Marco."

Kylie mi salutò con un cenno del capo. "Certo, certo. Vai a prenderti cura del tuo 'compagno'. Vedo già che ci sono un sacco di cose lussuose qui dentro con cui tenermi occupata. Ma se ti imbatti in qualche bel mutaforma single, sentiti libera di mandarlo da me!"

Non riuscii a trattenermi dal ridere, anche con lo stomaco sottosopra. "Lo farò."

Le stanze private di Marco erano proprio in fondo al corridoio dove si trovavano anche le mie. Bussai. "Marco?"

"Vieni pure," mi chiamò dall'altra parte. Quando entrai, lo trovai in piedi accanto alla chaise longue del salotto. Mi lanciò un'occhiata divertita. "Non c'è bisogno che bussi con me, principessa. Considera queste stanze tanto tue quanto mie."

"Lo terrò a mente. Stai bene?"

Marco scrollò le spalle con indifferenza, ma ormai lo conoscevo abbastanza bene da notare il luccichio rabbioso nei suoi occhi indaco. "Può capitare di essere sfidati. È già successo in passato e succederà ancora. Non è il modo in cui avrei sperato di trascorrere la mia prima sera qui con te, ma rimedieremo facendo in modo che quella di domani sia ancora meglio."

Anche il suo sorriso sembrava un po' teso. Mi avvicinai a lui. "Sembrava che quel Julius fosse una spina nel fianco già da prima."

Marco annuì. "Gli piace dare aria alla bocca, soprattutto se si tratta di lamentarsi di come gli altri fanno le cose. A quanto pare ha deciso di non limitarsi più alle chiacchiere."

"Pensi che possa essere lui l'alleato dei ribelli?" Chiesi.

"Può darsi. Una sfida, se la vincesse, sarebbe un modo abbastanza diretto per sconvolgere lo status quo. Ma non ci riuscirà, quindi è davvero un pessimo piano. Ammesso che lo sia."

Julius aveva emanato un disprezzo aggressivo, ma non ero riuscita a percepire se quel sentimento fosse semplicemente personale o se avesse un obiettivo più grande. In ogni caso, non aveva molta importanza. Non cambiava il motivo per cui ero andata lì.

Toccai il viso di Marco, tracciando il contorno della sua mascella squadrata con le dita. "Chi dice che non possiamo divertirci anche prima di domani sera?"

Una luce diversa brillò negli occhi di Marco. Chinò la testa più vicino alla mia. "Cos'hai in mente di preciso, mia Principessa delle Fiamme?"

Lo baciai in risposta. Un verso di compiacimento gli rimbombò in gola mentre ricambiava il bacio, poi infilò le mani tra i miei capelli. La sensazione delle sue dita che mi sfioravano la testa mi fece attraversare da brividi di desiderio in tutto il corpo.

Mi sollevò leggermente la testa per baciarmi con più passione, e io premetti le labbra sulle sue, famelica. Il legame dentro di me formicolava impaziente, spingendomi a reclamare sempre di più.

Senza staccarmi da lui, indietreggiai fino ad attraversare la soglia della camera da letto. Lui mi accompagnò. La sua lingua prese a esplorarmi la bocca, e per un focoso e bollente attimo si scontrò con la mia. Poi dovetti lasciarlo andare per salire sul letto.

Marco mi seguì, con nient'altro che desiderio nel suo sguardo. Si chinò su di me sul materasso e s'impossessò di nuovo della mia bocca. Le sue dita mi sfiorarono i seni, con una pressione appena sufficiente perché i miei capezzoli diventassero turgidi sotto la maglietta e il reggiseno, ma non ancora quanto desideravo. M'inarcai verso il suo tocco e lui ridacchiò, senza fiato.

"Ogni cosa a suo tempo," sussurrò mentre si accingeva di nuovo a baciarmi.

No. Più tempo passava, più opportunità aveva per mettere in dubbio le mie motivazioni.

Afferrai la sua camicia e feci per sfilargliela. Lasciò che gliela togliessi, restando immobile su di me per qualche secondo mentre ammiravo il suo petto. Lasciai scivolare le mani sui suoi muscoli sodi, poi lui chiuse gli occhi.

"Principessa," disse con un ringhio voglioso.

Mi tolsi anch'io la maglia. Marco si chinò per tracciare una scia di baci lungo il mio collo e la clavicola. Quando raggiunse l'orlo del mio reggiseno, gemetti. Con mio grande sollievo, si sbarazzò subito di quell'ostacolo. Con un gesto veloce, lo sganciò e lo lanciò via. Poi passò la lingua su un capezzolo.

Ansimai per l'ondata di piacere che si diffuse sul mio petto. Sì, era esattamente quello di cui avevamo bisogno. Gli avvolsi un braccio attorno alle spalle, mentre l'altro si insinuò tra i nostri corpi per sbottonargli i pantaloni. Presi la mano di Marco e la guidai lungo lo stesso percorso.

Raggiungendo con le dita l'umidità del mio intimo, gemette. Tremavo di desiderio, sempre più dolorante mentre mi accarezzava tra le gambe.

"Sei davvero determinata," mormorò con voce bassa e deliziata. Fermò la mano e cercò i miei occhi. La sua espressione si fece improvvisamente seria. "Principessa, che stai facendo?"

Dannazione. "Ti seduco?" Risposi sbattendo le ciglia,

con tutta l'ingenuità che riuscii a simulare. "È un problema?"

Ritrasse completamente la mano. Quasi piagnucolai per la perdita di contatto. La poggiò al lato del mio corpo e si sollevò in modo da fissarmi.

"Perché adesso?"

"Che importa? Io ti voglio, tu mi vuoi…" Feci scorrere le dita sul suo petto nudo fino al bordo dei suoi pantaloni.

Marco chiuse gli occhi per un secondo, come per ritrovare il suo autocontrollo. Quando mi guardò di nuovo, la sua espressione era severa. "Ren. Ti prego. Perché *adesso*?"

Non potevo sopportare di mentire al mio compagno, non se mi parlava in quel modo. Deglutii a fatica. "Ti voglio davvero. Ma c'è anche il fatto che… Julius ti ha affrontato perché il nostro legame non è ancora ufficiale. Ho pensato che se lo fosse stato, forse si sarebbe tirato indietro."

"Oh, principessa." Marco abbassò la testa per sfiorarmi il naso con il suo. "Davvero pensi che perderò contro quella sottospecie di tigre?"

"No," risposi, per lo più onestamente. Le immagini che mi tormentavano da quando Julius aveva lanciato la sfida mi tornarono alla mente. Tutti i modi in cui avrebbe potuto ridursi Marco dopo la lotta, malridotto e sanguinante. "Anche se vincerai, non voglio vederti ferito. Se posso risparmiartelo…"

Marco fece un respiro profondo. "Eppure, non molto tempo fa, avrei detto che ti sarebbe piaciuto vedere qualcuno che me le suonava."

La mia schiena si irrigidì. L'idea di avergli augurato

quel tipo di dolore mi straziava così tanto che mi vennero le lacrime agli occhi. "No," esclamai senza fiato. "Ero arrabbiata con te, ma non avrei mai voluto… È l'ultima cosa che…"

Marco sgranò gli occhi. Mi sfiorò le labbra con il pollice, fermando il mio misero tentativo di trovare le parole giuste. "Mi dispiace," disse. "Era solo una battuta – pessima, chiaramente. Io… non avevo capito che il mio benessere ti stesse così a cuore."

"Certo che sì, idiota," borbottai. "Sei il mio compagno. E ovviamente sei sconvolto per la sfida. Ho solo pensato che questa fosse l'unica cosa che potevo fare per aiutarti."

"Serenity." Si stese su un fianco accanto a me e mi strinse a lui. Mi stampò un bacio sulla fronte, e la sua voce si fece un po' tremante. "Non hai idea di quanto tu mi abbia già aiutato con tutto quello che hai fatto finora. E non sono sconvolto per la sfida perché ho paura di Julius. Confronti del genere… fanno solo riaffiorare ricordi che preferirei evitare."

Appoggiai la testa alla sua spalla. "Ad esempio?"

Esitò per un lungo momento. Quando riprese a parlare, la sua voce era ancora più sommessa. "Una volta mi hai chiesto come mi sono fatto questa cicatrice." Si toccò la pallida linea che gli attraversava il sopracciglio. "Ti ho risposto che è successo durante una sfida. Quella sfida in particolare… fu lanciata da una persona che consideravo un amico. Uno dei miei amici più cari. Eravamo cresciuti insieme, giocavamo e ci allenavamo insieme prima ancora che io fossi nominato il prossimo alfa in successione. Avrei combattuto fino alla morte per lui."

Mi si strinse la gola. Oh, Dio. "E invece hai dovuto combattere fino alla morte *contro* di lui."

"Non fino alla morte. Non quella volta. Ma ho dovuto lottare contro di lui, sì. Ho dovuto sentirgli dire che non credeva che meritassi di essere alfa, che non meritavo nemmeno di essere un membro della famiglia, e poi ho dovuto picchiarlo fino a sottometterlo." Marco fece una pausa, ispirando bruscamente. "Dovevo scegliere tra lui e me, e alla fine ho scelto me."

"Hai fatto quello che dovevi."

"Sì, ma quando c'è una sfida, chi perde viene bandito. Un alfa non può tenere con sé qualcuno che ha provato a minare la sua autorità. E Devon non sapeva cosa fare di se stesso una volta che si è trovato da solo."

"Cos'è successo?" Domandai. Era già evidente dalla pesantezza del tono di Marco che non era nulla di buono.

"Si è scontrato con un gruppo di vampiri. E loro non erano affatto contenti di qualsiasi cosa gli avesse detto o fatto." Marco deglutì sonoramente. "Quando abbiamo trovato il suo corpo... era evidente che lo avessero torturato per un po' prima di chiudere la faccenda. Quindi no, non l'ho ucciso io. Ma l'ho mandato a morire, e nel modo peggiore che potessi immaginare."

Lo strinsi forte tra le braccia. "Non avevi scelta. Non potevi sapere cosa gli sarebbe accaduto. Non sei stato tu a fargli incontrare quei vampiri."

"È quello che mi dico anch'io," rispose Marco. "Ma mi sento comunque come se avessi ricevuto un pugno nello stomaco ogni volta che sento la parola 'sfida'."

Percepii intensamente il profumo di caffè speziato

della sua pelle, il tremolio nel suo respiro, la tensione che ancora gravava sui suoi muscoli. Fino ad allora non aveva voluto raccontarmi quella storia. L'aveva evitata per settimane. Ma alla fine lo aveva fatto, per permettermi di capire.

"Ecco perché eri così impaziente di suggellare il legame," commentai. "Perché era così importante per te assicurarti la tua posizione in ogni modo possibile."

"Non avrei dovuto vederti in quel modo," rispose velocemente. "Non *volevo* pensare a te in quel modo. Ma il pensiero era lì, e ho lasciato che mi condizionasse. Lo sai quanto mi dispiace."

"Ma adesso…" Cominciai, strusciandomi addosso a lui.

Marco gemette, ma mi afferrò la coscia per tenermi ferma. "Ren, dimmi la verità. Ti staresti offrendo a me adesso se Julius *non* mi avesse sfidato?"

Volevo dire di sì, ma le parole mi rimasero impigliate in gola. Non potevo sapere esattamente cosa avrei fatto se il pranzo fosse andato diversamente… Ma lo immaginavo.

"Come pensavo," concluse Marco di fronte alla mia esitazione.

"Marco…"

Mi cinse le guance con le mani, fissandomi negli occhi. "Principessa, è tutto okay. Voglio che la nostra prima volta sia solo perché lo vuoi, e non perché le circostanze ti costringono a farlo. Posso battere Julius senza il minimo sforzo, e posso aspettare. È il minimo."

Mi sentii di nuovo soffocare, ma per un motivo completamente diverso. Il fatto che mi stesse dicendo di no aveva dissipato l'ultimo dei miei dubbi. Ora avrei potuto concedermi felicemente, sfida incombente o meno.

Ma ormai mi ero giocata il momento. Mi accontentai di baciarlo, dolcemente, mentre la sua mano mi accarezzava il viso.

Il mio corpo era ancora dolorante di desiderio. Forse Marco lo sentiva, perché si allontanò di un paio di centimetri con un sorriso malizioso. "Comunque, adesso sarei felice di godere di te in un altro modo."

Prima che potessi chiedergli cosa intendesse, iniziò la sua discesa lungo il mio corpo. Le sue dita afferrarono l'orlo delle mie mutandine, mentre con le labbra sfiorava i miei seni e il mio ventre. Gemetti quando la sua bocca si posò sul fascio di nervi del mio centro pulsante. Ogni parte del mio cervello – che fino a quel momento non aveva fatto altro che cercare di districarsi tra mille preoccupazioni – andò in cortocircuito, e per un breve momento mi lasciai andare, abbandonandomi completamente all'estasi.

15

Non mi ero mai sentito davvero a mio agio con i felini. Riuscivo a tollerare Marco, perché almeno era dedito a qualcosa. Ma il resto della sua famiglia… non sapevi mai cosa si celava dietro quegli sguardi ambigui.

O almeno, la maggior parte di loro aveva un'aria ambigua. La tigre che aveva sfidato Marco un paio d'ore prima sembrava piuttosto chiaramente un imbecille. O comunque questo era quello che avevo deciso tenendolo d'occhio. In quel momento, stava giocando a biliardo con un paio di tizi nella grande sala ricreativa della tenuta, gridando vittoria ogni volta che una palla entrava in buca. Quel suono mi faceva trasalire internamente anche dall'altra parte della stanza. Mi posizionai meglio contro il muro accanto alla porta.

Tenevo il telefono in mano, fingendo di prestare

attenzione soprattutto a quello. In realtà, mentre Julius la tigre si pavoneggiava e faceva l'arrogante, mi ero davvero fatto aggiornare da alcuni dei miei luogotenenti. Ma adesso stavo giocando una partita molto poco entusiasmante a Candy Crush, ascoltando attentamente le conversazioni intorno a me.

Avevo appena superato un livello quando Ren mi passò davanti. Una ventata del suo profumo mi stuzzicò il naso. Era la solita fragranza dolce con un pizzico di muschio che mi faceva eccitare in due secondi netti. Raddrizzai la schiena, resistendo all'impulso di leccarmi le labbra e ignorando la fitta di gelosia che mi attanagliò lo stomaco. Era appena stata con uno degli altri alfa – era chiaro. E le era piaciuto molto. Bene.

Bastò un piccolo sentore della sua eccitazione per farmi tornare a qualche notte prima, nel suo letto. La mia bocca sulla sua pelle, la sua mano tra le mie gambe…

Okay, pensarci in quel momento non mi avrebbe portato da nessuna parte. Feci un respiro profondo per calmare i battiti del mio cuore.

Il drago non era lì per vedere me. Attraversò la stanza e si fermò accanto al tavolo da biliardo, con lo sguardo fisso su Julius. Merda. Che diavolo aveva in mente adesso?

Infilai il telefono in tasca e mi avvicinai un po', cercando di sembrare disinvolto – il che non era facile quando tutti i felini nelle vicinanze si giravano a guardarmi per l'odore di lupo. Julius si voltò e notò Ren. Appoggiò il bastone da biliardo sul pavimento, sogghignando.

"Mutaforma drago. Sei venuta per avere un'anteprima del tuo nuovo compagno?"

Ren sollevò in mento con occhi lampeggianti. Era dannatamente bella così, ma significava anche che stava per fare qualche follia. Era così maledettamente determinata a rimediare a ogni male, anche se capiva a malapena la minaccia che stava affrontando. Mi si strinse il cuore, ma quel senso di giustizia non sarebbe servito a nessuno se nel frattempo l'avessero fatta a pezzi. Mi irrigidii, pronto a trasformarmi.

"No," rispose Ren, con tono deciso e abbastanza alto da farsi sentire da tutti i presenti. "Sono venuta a offrirti una via d'uscita. Marco vincerà, stasera. E anche se non ci riuscisse, non accetterei mai *te* come compagno. Pensavo che fosse giusto dirtelo in anticipo."

Il volto del mutaforma tigre si rabbuiò. Le sue labbra si curvarono in un ghigno. "È a questo che si è ridotto il nostro alfa adesso? Mandarti a proteggerlo mentre si nasconde nelle sue stanze?"

Ren alzò gli occhi al cielo. "No. *Lui* è felice di rimetterti al suo posto alla maniera tradizionale. Ma io preferirei evitare che qualcuno venga bandito, se non è necessario. Considerala una cortesia. Non ha senso combattere per una causa persa."

Julius batté l'estremità della stecca da biliardo sul pavimento, socchiudendo gli occhi. "Non credo affatto che sia una causa persa. E penso che sarà molto più difficile per te dirmi di no quando il legame passerà a me."

Ren lo guardò dall'alto in basso, lasciando che tutto il suo disprezzo trapelasse dalla sua espressione. Oh, Signore, voleva farsi sventrare, vero?

"Credimi," disse con leggerezza. "Non riesco neanche a immaginare di sentirmi minimamente tentata."

Julius si infuriò, digrignando i denti, "Beh, vediamo se cambi idea dopo stasera, che ne dici? O forse vuoi imparare a stare al tuo posto adesso."

"So qual è il mio posto," ribatté Ren. "E si dà il caso che sia molto più in alto del tuo. Ma se è così che intendi comportarti, allora mi godrò ogni secondo del tuo pestaggio."

Girò sui tacchi e si diresse di nuovo verso la porta. Il braccio di Julius si alzò di scatto, come se volesse fermarla, e io mi preparai a balzare in mezzo a loro, ma lui si trattenne con un brusco sospiro. Il suo sguardo seguì Ren fino alla porta con un fulgore rabbioso e predatorio.

Aspettai giusto il tempo necessario per assicurarmi che non si muovesse, poi seguii di corsa la mia compagna.

Ren

Il cuore mi batteva all'impazzata mentre uscivo dalla sala giochi, ma non appena misi piede in casa, un sorriso si allargò sul mio volto. Lo *sguardo* sulla faccia di Julius quando gli avevo detto come stavano le cose… Ne avrei fatto tesoro a lungo.

Ma non ebbi molto tempo per godermi la vittoria. Avevo fatto a stento due passi quando una mano si chiuse sul mio avambraccio. L'odore di pino aleggiava nell'aria. Sapevo che il mio interlocutore era West ancora prima di voltarmi.

"Cosa diavolo credevi di fare lì dentro?" Sbottò con lo sguardo in piena modalità cagnesca. "Quella tigre stava quasi per staccarti la testa a morsi."

Scoppiai a ridere. "Mi sarebbe piaciuto vederlo provarci. Avrei fritto quel gatto prima ancora che mi mettesse le zanne addosso."

"Stai ancora imparando a gestire la trasformazione, e non conosci affatto questa gente. Non puoi correre rischi del genere."

"Non ne sarei così sicura. L'ho appena fatto, e non è successo nulla."

West esalò un sospiro affannato. Tutto d'un tratto, la sua mano era sul mio collo e il suo pollice mi sfiorava la guancia. Mi tirò di colpo verso di lui. Il suo corpo era a pochi centimetri dal mio, così vicino che sembrava quasi un abbraccio. Ogni singola parte del *mio* corpo si riscaldò in risposta. Inspirai il suo profumo di pino e mi trattenni dal voltarmi quel tanto che bastava per baciarlo. Avrei lasciato che fosse lui a fare la prima mossa, se mai avesse finalmente capito cosa voleva.

Il suo respiro si riversò caldo e roco sulla mia guancia. La sua presa sul mio braccio si allentò. Per un attimo pensai che volesse afferrarmi la vita e tirarmi a sé. E qualsiasi cosa fosse successa dopo, ero abbastanza sicura che mi sarebbe piaciuta.

Invece, le sue spalle si tesero. "Ascoltami bene. Non fare *mai più* una cosa così stupida."

L'impeto dell'attrazione svanì. Strinsi i denti e spinsi West all'indietro con la mano libera. "Non era *stupida*," risposi a voce bassa. "Ma è bello sapere che mi vedi ancora come un'idiota. Ho provocato Julius di proposito. Volevo percepire meglio le sue emozioni e quelle degli altri mutaforma nella stanza, per capire chi potrebbe essere alleato con i ribelli."

West mi guardò attonito. "Cosa?"

"Riesco a leggere meglio le persone quando le loro emozioni sono in superficie," spiegai. "Così ho smosso un po' le acque. Non aveva neanche lontanamente intenzione di farmi del male. L'avrei percepito."

"Oh." West si rilassò leggermente. Le sue dita si strinsero attorno al mio braccio. Guardò in basso, verso lo spazio che divideva i nostri corpi, così ristretto che sentivo ancora il calore emanato dal suo. "Sei proprio sicura che i tuoi sensi funzionino così bene anche sui mutaforma, Scintilla? Perché non hai avuto tante occasioni per fare pratica."

"Riesco a leggere benissimo te," borbottai. "E, per tua informazione, in questo momento dovresti sentirti molto più in imbarazzo di quanto tu non sia. Anche se apprezzo la parte protettiva di te che non vuole che mi venga fatto del male in questa scenata."

West fece una smorfia, poi alzò di nuovo lo sguardo. Forse era una parvenza di scuse quella nei suoi occhi, ma non si preoccupò di dargli voce. "Hai scoperto qualcosa di utile col tuo 'giochetto'?"

"Dipende dalla tua definizione di 'utile'. Julius non vuole solo la posizione di alfa, ma c'è qualcos'altro che lo motiva. Non credo che abbia considerato neanche per un secondo l'idea di tirarsi indietro. Che vinca o meno, che io lo accetti come compagno oppure no, la sfida significa molto di più. È così importante che il resto non conta."

"Come se rientrasse nei suoi piani con i ribelli?"

"È la mia ipotesi migliore." Mi accigliai, ripensando alle vibrazioni che avevo avvertito intorno a me nella sala. "Non credo che qualcun altro lì fosse coinvolto. I suoi simili erano incuriositi dagli avvenimenti, ma nessuno mi ha dato l'impressione di sentirsi minacciato dalla mia strigliata. O arrabbiato. L'hanno solo trovata divertente. Se qualcuno avesse fatto parte di un complotto, si sarebbe interessato di più."

West annuì. "Sembra un ragionamento valido." Sollevò un sopracciglio. "Sembra che il tuo trucchetto ci abbia dato qualche risultato, dopotutto."

"Forse la prossima volta dovresti chiedermi cosa sto facendo invece di dare per scontato che sia una stupida."

"E forse tu dovresti smetterla di uscirtene con piani che *sembrano* stupidi."

Mi morsi il labbro, soffocando la mia frustrazione, e lo sguardo di West cadde sulla mia bocca. Il calore tra noi si riaccese in un istante. Dio, perché doveva comportarsi da idiota quando sapevo che c'era così tanta bontà – per non parlare della cara vecchia passione – sotto quella facciata?

Ogni muscolo mi implorava di stringerlo e baciarlo, per tirare fuori il desiderio che ero certa stesse reprimendo con tutto se stesso.

Ma avevamo già percorso quella strada, e l'esplosività di quel contatto fisico non aveva affatto migliorato le cose. Anzi, il momento che avevamo condiviso nel giardino della tenuta dei volatili mi aveva solo resa più nervosa quando ero con lui, perché ormai sapevo quanto potevamo star bene insieme.

Continuare a punzecchiarci a vicenda e girare intorno alla nostra attrazione stava diventando fastidioso.

Girai la mano, facendola scivolare sul suo braccio fino a intrecciare le dita alle sue. "West," iniziai, "credo che dovremmo parlare. *Parlare* sul serio. Così non andiamo da nessuna parte. Qualsiasi dubbio tu abbia su di me, puoi parlarmene. Li risolveremo. So che sto ancora imparando, ma ho bisogno di sapere qual è il problema, prima di poterlo affrontare."

La sensazione che avvertii dal mio lupo fu davvero bizzarra, come se un impeto di emozioni aggrovigliate stesse sfondando una porta per uscire. Solo che lui le spinse di nuovo all'interno e chiuse la porta sbattendo. Con un catenaccio, per sicurezza.

Fece un altro passo indietro, più rigido che mai. La sua mano lasciò la mia. "Non credo che sia il momento giusto per chiacchierare, Scintilla," rispose. "Abbiamo una vera e propria ribellione da sventare."

E per qualche ragione sei altrettanto importante per me, testa di legno, pensai, ma non mi permisi di dirlo. Avevamo battibeccato abbastanza per quel giorno.

"E va bene," dissi. "Quando ti sarai chiarito le idee, sai dove trovarmi." Mi voltai e mi allontanai a grandi passi, senza guardarmi indietro. Avevo cose più urgenti a cui pensare. Ad esempio a un altro dei miei compagni, che non sapevo se sarebbe uscito vivo e vegeto dal duello di quella sera.

16

Ren

La suite per gli ospiti che era stata assegnata a Kylie assomigliava molto alla mia, a parte il fatto che il suo letto era solo un normale letto matrimoniale, non abbastanza ampio da ospitare comodamente cinque persone. Probabilmente i mutaforma non si aspettavano che qualcuno oltre al drago invitasse più persone nel letto. Oppure pensavano che, nel caso, si sarebbero strette tra loro.

"È tutto risolto, adesso?" Mi chiese Kylie spostando nervosamente il peso da un piede all'altro. Era riuscita a sedersi sull'elegante divano solo per una decina di secondi, prima di balzare di nuovo in piedi con la sua irresistibile energia.

"Per quanto possa esserlo," risposi. "Marco deve comunque lottare contro quel tizio, ma sembra sicuro di poterlo battere. Spero solo che sia preparato a tutto. I ribelli non si fanno problemi a giocare sporco, su questo non ci piove"

"Finora non si erano mai spinti a tanto, però. Giusto?" Domandò. "Voglio dire, c'è stato l'attacco al villaggio della famiglia di West, e poi sembra che abbiate affrontato quel gruppo vicino alla tenuta di Nate senza problemi."

Mi sentii sprofondare per tutte le cose che avevo evitato di dirle. Avrei dovuto raccontarle tutto prima. Forse, se avesse capito quanto era diventata pericolosa la mia vita, non sarebbe corsa fin lì per venire a trovarmi.

D'altra parte, però, forse sarebbe corsa ancora prima.

"Ci sono stati un altro paio di… incidenti," dissi lentamente. "Mentre eravamo in viaggio per Sunridge, un gruppo ci ha teso un'imboscata. È lì che sono riuscita a trasformarmi del tutto per la prima volta. E i ribelli che hanno attaccato la tenuta di Nate… hanno ucciso quattro uomini prima che le guardie riuscissero a fermarli."

"Oh!" Kylie sgranò gli occhi. "Eri a Sunridge settimane fa. Perché non me l'hai detto?"

Mi mordicchiai il labbro. Le mie dita iniziarono a formicolare per un impulso che non sentivo da giorni: trovare un oggetto da sgraffignare, prendere il controllo della situazione. Invece le arricciai nel palmo della mano. Non ero più quella ladra di strada ormai – ero un maledetto drago.

"Sapevo che ti saresti preoccupata," risposi. "Siamo usciti sani e salvi dall'imboscata, e non ero ancora arrivata alla tenuta quando l'hanno attaccata."

Kylie mi stava ancora guardando con espressione esitante. "Preferisco essere preoccupata e sapere cosa sta succedendo davvero, che essere tenuta all'oscuro. Lo sai bene, Ren."

Sì, lo sapevo. Ma l'avevo tenuta all'oscuro comunque. Non potevo giustificarmi in alcun modo.

"Mi dispiace," dissi. "Stavano succedendo troppe cose… Ometterle e concentrarmi sulle cose belle sembrava semplicemente il modo migliore di gestire la situazione. Ma ora capisci perché sono *io* a preoccuparmi."

Kylie annuì. "Beh, se quei bastardi dei ribelli si fanno vivi, possiamo dire che li ridurrai in cenere in piena modalità drago," esclamò, ritrovando il suo solito tono vivace.

"Il piano è quello." Cercai di cambiare argomento — era meglio parlare di qualcosa che non mi facesse venire voglia d'intascarmi ogni oggetto prezioso della villa. "Gli uomini di Marco ci chiameranno presto per la cena. Dovrei indossare qualcosa di più carino. Se ci sono ribelli nei paraggi, voglio che si ricordino chi è che comanda qui." Riuscii a sfoderare un sorriso. "Mi aiuti a scegliere un vestito?"

"E me lo chiedi?" Rispose Kylie battendo le mani. "Muoio dalla voglia di farlo da quando mi hai mandato quella foto da casa di Aaron. Okay, facciamolo."

Sgattaiolammo in corridoio e attraversammo qualche porta fino alle mie stanze.

Aprii un armadio, poi un altro. Kylie canticchiava con voce stridula mentre frugava tra gli abiti. "Oh, questo è fantastico. Sembrerai proprio il capo, sì. Altro che principessa, sarai l'imperatrice di tutti i mutaforma."

Risi e tesi le braccia per prendere al volo il primo capo che mi lanciò. Una volta vagliati i tre armadi, avevo le braccia doloranti e il viso immerso nella seta e nel raso. Gettai il mucchio sul letto. "Ehm, credo che dovremmo fare una piccola cernita."

"Sì, sì." Kylie si tamburellò le dita sulle labbra. Afferrò un paio di abiti dal cumulo. "Non so cosa mi sia passato per la testa con questo. E ora che li guardo tutti, il nero è decisamente troppo pesante. Gli altri dovrai provarli, così posso ammirarti."

Mi rivolse un sorriso smagliante mentre andava a rimettere a posto gli abiti scartati. Scossi la testa e mi tolsi i jeans e la maglietta. Mentre mi infilavo uno dei vestiti in cima al mucchio – un semplice abito di seta verde chiaro – Kylie si sedette sul bordo del letto. Osservò la sua ampiezza, inarcando le sopracciglia divertita. "Non riesco proprio a immaginare a cosa ti serva un letto così grande… No, aspetta, in realtà sì."

Arrossii per la battuta, ma quando si voltò di nuovo a guardarmi, un'ombra le oscurò il viso.

"C'è qualcos'altro che hai deciso di non dirmi delle ultime settimane?" Mi domandò.

Cavolo. Mi guardai allo specchio, contemplando la seta verde che ricadeva sul mio corpo. Sembravo un'ingenua oppure una ragazza che aveva mandato a rotoli la migliore amicizia che avesse mai avuto? Nessuna delle due mi piaceva. Feci per togliermi il vestito di dosso.

"Potrebbero esserci un paio di cose," ammisi senza guardarla negli occhi. "Non che non volessi dirtele. È solo che era difficile parlarne per messaggi."

"Avresti potuto chiamarmi," sottolineò.

"Volevo parlartene di persona." Ma ora eravamo lì, faccia a faccia, e mi sentivo ancora più a disagio. Presi un abito rosso. "Ti ho detto che mia madre è morta sulla montagna… L'ho visto. In una specie di visione. È stato un gruppo di fate a ucciderla. Volevano impedirle d'impossessarsi del potere che voleva darmi."

"Il fuoco speciale che puoi usare per far dire la verità alle persone," aggiunse Kylie.

"Sì." Almeno di quello l'avevo tenuta al corrente.

"Perché alle fate interessava?"

"Non lo so," risposi onestamente. "Ci sono stati dei dissidi tra i mutaforma e le fate, ma non conosco ancora tutti i dettagli. Il loro crimine non è stato, diciamo… autorizzato ufficialmente. Ma la regina delle fate non l'ha neanche scongiurato. Evidentemente non volevano che i mutaforma arrivassero a un potere del genere."

E, a dire il vero, la prima persona su cui l'avevo usato era stata proprio la regina. In tutta onestà, non avrei avuto neanche bisogno di usarlo se fosse stata sincera con noi dall'inizio.

Kylie si strofinò le labbra. "Wow. Quindi devi preoccuparti anche che vengano a cercarti le fate?"

"Non esattamente. Esiste un trattato, e abbiamo avuto un confronto con la regina. Ha giurato di rispettarlo. Ma immagino che ci sia sempre la possibilità che decidano d'infrangere la promessa."

Era un'ipotesi terribile. Preferivo non pensarci quando avevamo la minaccia dei ribelli proprio sotto il naso.

"Accidenti." Kylie mi guardò e i suoi occhi si illuminarono. Il suo sorriso sembrava un po' forzato, ma non dissi nulla. "E *wow*. Okay, dimentica gli altri vestiti. Questo è quello giusto."

Arricciai le labbra, abbassando lo sguardo e lisciando il tessuto con le mani. "Dici?"

"Oh, sì. Chiunque osi mettersi contro di te vestita così, non chiede altro che diventare carne grigliata per draghi."

Risi, e per un secondo le cose tra noi sembrarono quasi normali. Era Kylie, la mia migliore amica. La mia unica amica. Mi aveva sempre coperto le spalle. Se non riuscivo neanche a essere all'altezza delle sue aspettative, non c'era alcuna speranza che avrei mai soddisfatto quelle dei mutaforma.

"Porca vacca," esclamò Kylie quando entrammo nella sala da ballo trasformata in una sala da banchetto. "E io che pensavo che questo posto non potesse essere più elegante."

Marco, che era in mezzo a noi e mi teneva per mano, ridacchiò. "La mia famiglia è nota per il suo debole per gli oggetti luccicanti. Io non faccio eccezione."

"Beh, vi siete decisamente dati da fare con la brillantezza," commentai. Piatti d'argento scintillavano a ogni posto, calici di cristallo brillavano. Ricami d'oro risplendevano in motivi ad anello lungo il bordo delle luminose tovaglie bianche. I lampadari di cristallo sul soffitto erano tutti accesi, e diffondevano un'intensa luce gialla su tutto e tutti.

Avevo la sensazione che non fossero solo quelle luci a far sembrare i felini un tantino arcigni. La tensione aleggiava nella stanza, celata appena dal clamore del chiacchiericcio. Non era una semplice cena. Non era nemmeno la prima cena formale con il nuovo mutaforma drago. Era la cena prima dell'ennesima sfida al loro alfa. Una sfida con la posta in gioco più alta di tutte le precedenti.

Feci un cenno col capo e sorrisi ai presenti mentre Marco mi accompagnava al tavolo d'onore. Gli altri alfa erano già seduti ai propri posti, intorno alle due sedie riservate a noi. Mi sedetti, con Marco alla mia sinistra e Aaron alla mia destra. Nate si sporse oltre il mutaforma aquila per incrociare il mio sguardo e offrirmi un caloroso sorriso. Ma il mio cuore era già tornato a martellare in preda all'ansia.

Kylie era finita alla destra di Nate, il che probabilmente era il meglio che potessi sperare, dato che non poteva sedersi accanto a me. Sorrise al grosso orso e iniziò subito a chiacchierare. Potevo solo immaginare come avrebbe reagito West se avesse dovuto essere il suo interlocutore per tutta la cena, invece di avere la stoica Alice al suo fianco. Kylie non sarebbe stata zitta un secondo, come faceva con chiunque.

In realtà sarebbe stato uno spettacolo esilarante.

Altri felini delle famiglie più importanti si unirono a noi al tavolo principale. Mi trovai di fronte a una coppia di ghepardi, con la moglie che si strofinava la guancia con il dorso della mano come un gatto che si lava il muso. Accanto a loro c'era una coppia di leoni, tra cui la donna che mi aveva accolta con tanto scetticismo al mio arrivo. Coreen, si chiamava così. La mia testa stava iniziando a riempirsi con un'incredibile confusione di nomi.

Grazie al cielo, Julius non era nelle nostre vicinanze. Individuai la sua figura massiccia in fondo alla sala, probabilmente dove Marco aveva chiesto ai suoi assistenti di posizionarlo. E non fui affatto delusa di vedere anche Silvan seduto lontano dal nostro tavolo.

I simili di Marco gli rivolgevano sguardi furtivi mentre si tuffavano nei loro piatti. Anche il loro modo di mangiare era da gatti: con morsi rapidi e delicati. Coreen si tamponava la bocca con un tovagliolo dopo ogni forchettata.

"L'arena della sfida è già pronta?" Chiese dopo qualche minuto di silenzio teso. Era strano che una domanda così infausta potesse essere rivolta come una richiesta educata. Il suo tono sarebbe stato perfetto per chiedere cosa avremmo mangiato per dessert.

Eppure Marco rispose con la stessa disinvoltura. "I miei assistenti stanno predisponendo tutto proprio adesso. Immagino che non vi perderete lo spettacolo."

"Più testimoni ci saranno, più sarà degno il risultato," intervenne il marito di Coreen con voce fragorosa.

"Filosofia interessante," mormorò West.

Coreen gli lanciò un'occhiataccia. Marco si mosse sotto il tavolo, e sospettai che avesse appena dato un calcio al lupo nello stinco. Il suo sorriso rimase cordiale.

"Sono contento che la questione con i vampiri al nord sia finalmente risolta," s'intromise il ghepardo. "Non ci sono state ulteriori agitazioni, vero?"

"Nulla di preoccupante, stando a quanto mi hanno riferito i miei uomini lì," rispose Marco. "Sai come sono i succhiasangue. Non prestano attenzione a nulla che non sanguini."

La donna ghepardo ridacchiò a quella battuta. Il mio stomaco si contorse ancora di più. "Ci sono stati molti problemi per il nostro scontro con i vampiri, quando siamo passati dalla città?"

La mamma mi aveva lasciato una scia d'indizi che portavano alla montagna di Sunridge, e avevamo dovuto esplorare la metropolitana di New York per trovare il primo. Proprio nel territorio dei vampiri. Non avevano reagito esattamente bene alla nostra intrusione.

Marco scacciò le mie preoccupazioni con un gesto della mano. "Oh, solo normalissime lagne da vampiri. È tutto sistemato, non vogliono *certo* mettersi contro i mutaforma."

Non sapevo se quel commento fosse sincero o se volesse fare lo spavaldo di fronte ai suoi simili. Probabilmente, in quel momento aveva bisogno di sembrare forte e in controllo, ancora più del solito.

Aaron posò una mano sulla mia coscia sotto il tavolo e mi diede una stretta rassicurante. Si chinò più vicino. "Andrà tutto bene stasera. Marco ha affrontato questa situazione più di una volta. Ci siamo passati tutti, e siamo ancora qui."

Mi sarei sentita più confortata se non avessi percepito la preoccupazione che cercava di nascondere. Neanche lui era del tutto sicuro delle sue parole. Il coinvolgimento di un ribelle era un'incognita che nessuno dei miei alfa aveva mai affrontato durante una sfida.

Il chiacchiericcio intorno al tavolo si acquietò quando si sentì il rumore di una sedia che si spostava. Un tizio all'estremità del tavolo si era alzato in piedi. Sollevò le mani con un sorriso stranamente emozionato. La sua testa rotonda era ricoperta da ciocche di capelli castano scuro e grigio pallido. Non ricordavo che me l'avessero presentato, ma il suo aspetto mi fece pensare immediatamente a un *leopardo delle nevi*.

"Seppur con tutto il trambusto, mi piacerebbe dire due parole su quanto io sostenga il nostro alfa," dichiarò con un tono gioviale che risuonò nell'intera sala. "Marco ci ha tenuti in riga e ci ha fatto superare momenti difficili che nessun altro alfa ha mai dovuto fronteggiare. Sono certo che continuerà a farlo."

Fissò lo sguardo sul suo alfa e fece un profondo inchino. Marco ricambiò il sorriso, ma l'atteggiamento di quell'uomo mi fece accapponare la pelle. Sembrava *troppo* ansioso di parlare. Stava lodando Marco per ingraziarselo, non perché ci credeva davvero.

Era un tentativo di proteggersi? Pensava che Marco avrebbe punito le persone che erano sembrate favorevoli a Julius, dopo la sua vittoria? Non mi sembrava un comportamento da felini.

Marco non sembrò turbato. "Grazie per le tue parole, Phillipe," replicò, alzando il calice come per brindare al leopardo. "Ne sono certo anch'io. E tra un'ora, lo saprà anche il resto di voi."

17

Ren

Quando raggiungemmo l'arena, il mio cuore prese a battere all'impazzata. In realtà non era altro che una radura nella foresta tropicale – una distesa di erba di circa sei metri di diametro, circondata da un fitto fogliame. Gli uomini di Marco però l'avevano chiaramente allestita per lo scopo, come aveva detto lui.

L'erba era stata appiattita per rendere il suolo il più uniforme possibile. L'aria aveva un profumo fresco, come di prato appena tagliato. Una corda attaccata agli alberi intorno al ring separava l'area degli spettatori da quella del combattimento. Alcune lampade pendevano dagli alberi, proiettando una gialla luce sinistra sullo spiazzo. Quella vicino a noi emetteva un leggero ronzio elettrico.

Marco s'incamminò verso il ring. Io e Kylie ci spostammo al suo lato, con Alice e gli altri alfa intorno a noi. Nate posò una mano sulla mia spalla. "Se stare a guardare è troppo difficile per te…" Iniziò.

Scossi la testa senza neanche lasciarlo continuare. "Io resto qui. Marco ha bisogno di me."

Altri mutaforma si riunirono intorno alla radura. Mi sembrò di vedere tutte le persone presenti alla cena. Era comprensibile: avrebbero potuto avere un nuovo capo entro la fine della serata.

"Dov'è la tigre?" Domandò Kylie guardandosi intorno. "Forse si è tirato indietro all'ultimo minuto?"

Prima ancora che potessi concedermi di sperarci, Julius fece la sua apparizione spavalda sul sentiero. Entrò nel ring con tutta calma e si posizionò di fronte a Marco, flettendo le enormi braccia. Marco lo guardò tranquillo. Con grande disinvoltura si tolse la maglia, poi i pantaloni, piegando gli indumenti uno alla volta e poggiandoli all'estremità dello spiazzo. Julius digrignò i denti e iniziò a spogliarsi a sua volta. Giusto, avrebbero combattuto nei loro corpi animali.

Mi guardai intorno, osservando tutte le persone che riconoscevo. Coreen e suo marito, i ghepardi della cena; Silvan e il leopardo delle nevi, Phillipe; e altri che avevo conosciuto durante il pranzo. Nessuno di loro, nemmeno Phillipe dopo il suo toccante discorso, sembrava così preoccupato di quello che stava per succedere. L'atmosfera che si respirava era di trepidante attesa.

Erano tutti sicuri che Marco avrebbe vinto, oppure non gli importava molto di chi fosse al comando? Da quello che avevo capito dei felini, fino a quel momento, non avevo dubbi che potesse trattarsi della seconda ipotesi.

Kylie doveva star pensando le stesse cose. "Immagina

di avere quel tizio tutto muscoli come alfa," bisbigliò. "Già me lo immagino, che passa tutto il giorno a rincorrere un laser puntato al muro."

Increspai le labbra. Nonostante la tensione, la mia amica riuscì comunque a strapparmi un sorriso. "Sul serio. Implorerebbero subito di riavere Marco."

Peccato che non sarebbe stato nei paraggi, giusto? Il mio battito accelerò ancor di più.

Non avevo chiesto a Marco cosa sarebbe successo se *lui* avesse perso. Mi ero rifiutata di prendere quell'eventualità così seriamente. L'avrebbero bandito come avrebbero fatto con Julius? O la punizione per gli alfa era ancora più severa? Il nuovo leader non avrebbe certo voluto rischiare che tornasse a reclamare la sua posizione.

Un brivido mi percorse. Improvvisamente, ne fui sicura. Se Marco avesse perso, Julius lo avrebbe ucciso. Forse era l'unico modo in cui avrebbe potuto vincere.

"Le guardie stanno ancora sorvegliando i confini della tenuta, vero?" Chiesi ai miei alfa.

Aaron annuì. "Ero con Marco quando ha dato gli ordini."

Alice mi rivolse uno sguardo carico di significato. "Se ti fa stare più tranquilla, posso fare un giro in volo e controllare se qualcuno viene da questa parte."

Una minuscola parte della tensione dentro di me si allentò. "Sì," risposi. "Ti prego. E se vedi qualcosa di preoccupante, torna subito qui."

Fece sì con la testa e scivolò via tra gli alberi, scrollandosi i vestiti di dosso e levandosi in volo tra i rami. La guardai scomparire nel cielo che si oscurava.

"Non so cos'abbiano in mente di fare," disse West. "Ma non ho fiutato tracce né visto ribelli nelle vicinanze."

"Neanch'io," s'intromise Nate. "Forse è *questo* il loro piano. Puntano tutto sulla sconfitta di Marco."

Mi accigliai. "Per me non ha senso. Non hanno mai giocato secondo le regole. Dev'esserci qualcosa di più. Ma forse la sfida è solo una parte del piano. Forse Julius voleva concludere la faccenda, mettendosi alla prova di fronte ai suoi simili, prima di farci attaccare dai ribelli."

Qualunque cosa fosse accaduta, dovevo essere pronta. E dovevo anche proteggere Kylie. Mi strinsi più vicino a lei. "Se le cose si mettono male, resta accanto a me, okay?"

Portò la mano alla fronte, facendo il saluto militare. "Ricevuto, regina drago."

Un altro sorriso fece capolino sulle mie labbra. Poi guardai verso il ring, e tutto il buonumore che mi ero concessa di provare morì.

Un'addetta della tenuta era entrata nell'arena, frapponendosi a Marco e Julius. "L'alfa è stato sfidato," disse con voce squillante. "Quando abbasserò il braccio, il combattimento potrà iniziare."

Tenne la mano alzata mentre indietreggiava verso la corda che delimitava l'area. Quando la toccò con la schiena, la sua mano si strinse a pugno. Poi la fece cadere sul fianco con un movimento brusco.

Julius scattò in avanti, con un ringhio metà umano e metà animale. Si trasformò in tigre scagliandosi in aria verso Marco. Ma Marco era pronto. Si trasformò e scivolò sotto il felino più grande, ruotando su se stesso per graffiare la pancia della tigre mentre usciva dalla sua portata. Julius ruggì. Quattro sottili strisce rosse comparvero sulla sua pelliccia.

"La prima ferita!" Gridò qualcuno tra il pubblico. Qualcun altro urlò. Buon per Marco, pensai. Le mie mani si strinsero sulla corda davanti a me, e le sue fibre ruvide quasi mi penetrarono la pelle.

"Wow," mormorò Kylie. "Quei due non scherzano affatto."

No, infatti. Per niente. Nonostante la sua stazza, Julius si girò a tutta velocità. Ebbi un tuffo al cuore vedendo quanto era grosso rispetto a Marco. La tigre doveva essere almeno il doppio del giaguaro: era più alta, più lunga e aveva una corporatura più robusta. Se avesse immobilizzato Marco anche solo per un secondo…

Il che era chiaramente la sua intenzione. Si scagliò di nuovo verso di lui, sferrando una zampata come per acciuffare l'alfa. Marco si scansò di lato, ma non fece in tempo. Gli artigli della tigre gli graffiarono la coscia. Non gli sfuggì neanche un lamento, ma vidi le sue labbra serrarsi per il dolore. Strinsi la corda più forte.

"Quindi… fin dove si spingeranno, esattamente?" Chiese Kylie con voce più bassa di prima. "Quand'è che si dichiara il vincitore?"

"Quando uno dei due non riuscirà più a rialzarsi," borbottò West.

Deglutii pesantemente. I mormorii tornarono a propagarsi tra la folla. Erano arrabbiati perché Marco non aveva ancora reagito?

Si stava sicuramente preparando a farlo. Stava studiando lo stile del suo avversario prima di passare all'offensiva. Prima che Julius potesse sferrare un altro affondo, Marco gli si fiondò addosso con un guaito. La tigre si lanciò in avanti per colpire il giaguaro e provare a sottometterlo, ma era esattamente quello che Marco si aspettava. All'ultimo secondo, aggirò il felino più grande e si scagliò di nuovo sul suo addome.

L'eccesso di slancio della tigre le impedì di scansarsi. Gli artigli di Marco aprirono un profondo squarcio nel fianco di Julius.

Un bel bluff. Certo, se Marco voleva vincere, doveva giocare d'anticipo, sfruttando la sicurezza dell'avversario a suo vantaggio. I felini erano famosi proprio per quel genere d'astuzia. E il loro alfa più di tutti.

Non era poi così diverso dalle cose che aveva detto ai suoi simili su di me, quando aveva finto di considerarmi solo un mezzo per raggiungere un fine. Ma io sapevo con ogni fibra del mio essere che aveva usato quelle parole nello stesso modo in cui aveva sferrato quel colpo. Una distrazione, una dimostrazione di forza, per aprirsi la strada verso ciò che voleva davvero. Sapendo che quello era il tipo di ostilità che aveva dovuto affrontare, mese dopo mese, non ero più così sicura di poterlo biasimare.

Julius si voltò di scatto. I suoi occhi gialli lampeggiavano di rabbia. Marco si scansò abilmente con un salto, ma la tigre non sembrava rallentata dalla ferita sulle costole. Si lanciò all'inseguimento del giaguaro come un tir, e Marco non riuscì a schivarlo in tempo. Il mutaforma più grande lo travolse.

Sussultai. Il cuore mi batteva così forte che pensavo mi sarebbe esploso nel petto. Soffocai un grido nella gola. *No!* Non il mio alfa. Non il mio compagno.

Nate prese la mia mano e la strinse forte, ma percepii

quel contatto a malapena. Non riuscivo a distogliere lo sguardo dalla lotta.

Marco rotolò sulla schiena, graffiando la pelle della tigre con gli artigli di tutte e quattro le zampe. Julius lo colpì alla testa e si avventò sul suo collo, ma il giaguaro si scansò all'ultimo secondo, affondandogli i denti nella zampa anteriore. Quando Julius sobbalzò, Marco sgusciò via dalle sue grinfie. Si lanciò verso uno degli alberi, rimbalzò sul tronco e tornò a schiantarsi contro il fianco dell'avversario, proprio dove l'aveva colpito prima.

Julius lanciò un guaito tanto di dolore quanto di rabbia. Si lanciò verso Marco, chiaramente con l'intento di sbatterlo di nuovo a terra. Marco gli girò attorno, ma non era più così veloce. Del sangue colava dai punti in cui il felino più grande l'aveva ferito, sulla spalla e sulle cosce.

"Cavolo," disse Kylie con un filo di voce. "Vogliono proprio andare fino in fondo, vero?"

La paura nella sua voce mi straziò, tanto quanto vedere Marco malconcio e sanguinante. Ogni nervo nel mio corpo mi implorava d'intervenire, di proteggere il mio compagno. Cercai di trattenermi con tutte le mie forze. Se l'avessi fatto, se avessi interferito con la sfida in qualche modo, la vittoria poteva andare automaticamente a Julius.

Se si fosse arrivati a tanto, non avrei lasciato che uccidesse Marco. Non avevo alcun dubbio in proposito.

Nonostante le ferite, Marco riprese velocità. Correva intorno a Julius, mordendogli e artigliandogli le gambe a ogni occasione, guidandolo in un vorticoso inseguimento intorno all'arena. La tigre gli correva dietro. A ogni giro, la sua pelliccia arancione e nera si tingeva di nuove macchie di sangue.

"Forza! Chiudiamo questa storia!" Urlò qualcuno tra la folla. Non capii per chi facessero il tifo.

Per un momento, Marco sembrò quasi prendere il sopravvento. Poi il suo ritmo iniziò a perdere colpi. Mordicchiò la gamba posteriore dell'avversario e si sottrasse a stento a un suo colpo. Ma la tigre continuava ad attaccare, con le enormi zanne incorniciate da un ghigno. Il giaguaro incespicò, e Julius gli balzò addosso, sovrastandolo.

Stavolta un grido lasciò la mia gola. Strattonai la corda a cui ero aggrappata. Aaron mi avvolse con un braccio, tenendomi ferma insieme a Nate.

Il corpo nero di Marco giaceva immobile sotto l'enorme tigre. Julius sollevò il capo con un ringhio vittorioso, ma il giaguaro balzò in piedi. Lo afferrò per il collo, affondando i canini nel punto più tenero della sua gola. Contemporaneamente, gli assestò un calcio nella gamba.

Tutti i graffi, i morsi e lo sforzo della corsa intorno all'arena dovevano aver indebolito la tigre, che cadde al suolo, trascinando Marco con sé. Il giaguaro si appoggiò con fare pacato sul petto tremante di Julius. Fece scorrere gli artigli sulla sua pelliccia, più chiara in quel punto, e gli strattonò la gola.

Julius strabuzzò gli occhi, cercando di rialzarsi, ma Marco riuscì a tenerlo bloccato.

Lasciai finalmente andare il respiro che stavo trattenendo. Un applauso risuonò intorno al ring. "Marco! L'alfa vince!"

Marco affondò i denti ancor più in profondità, con un ringhio di avvertimento che suonò quasi come una domanda. La tigre scosse la testa, come se non riuscisse proprio a trovare la volontà di tenerla sollevata da terra. Poi crollò, accasciandosi. Il suo corpo iniziò a trasformarsi, e Marco si tirò indietro di scatto mentre tornava umano.

L'esultanza si fece più fragorosa, la folla urlava e batteva le mani. Alcuni degli addetti si precipitarono nell'arena per curare le ferite di Julius, ormai privo di sensi, e del loro alfa. Marco si inclinò leggermente di lato. Il sangue impregnava l'erba sotto le sue zampe, e gran parte era il suo. Poi si alzò e tornò in forma umana, sollevando le mani in segno di vittoria.

La tensione dentro di me si infranse, rimpiazzata dal sollievo. Mi misi a urlare in un'esultanza tutta mia.

18

Nate

"Da quanto tempo sei in combutta con i ribelli?" Domandai riuscendo a malapena a trattenere un ringhio.

Julius se ne stava accasciato silenzioso sulla sedia nella piccola stanza. Aveva ancora un segno rosso sul collo, dove Marco lo aveva morso la sera prima. Le ferite erano guarite, ma avevano lasciato cicatrici che non sarebbero scomparse per mesi, se non anni. Il mutaforma tigre si era rifiutato di abbandonare la sfida finché non si era trovato sul punto di morire.

Anche Marco, che era in piedi accanto a me, aveva le sue cicatrici. Anche dopo una notte di riposo, i suoi movimenti erano ancora un po' legnosi. Mi ero offerto di aiutarlo con quell'interrogatorio dopo averlo incontrato a colazione. E forse ero spinto anche da secondi fini.

Qualcuno aveva mandato i ribelli a corrompere la mia gente. Non me ne sarei andato senza scoprire come e chi altro era coinvolto.

"Da quanto tempo?" Ripetei. Sentii gli altri alfa e Ren muoversi dietro di me, da dove stavano osservando. Julius si strofinò la bocca con la mano, facendo tintinnare la catena che univa le manette ai suoi polsi. Credeva davvero di essere chissà chi, tutto grande e grosso, ma non aveva alcun effetto su di me. Mi avvicinai, incombendo su di lui, così che avesse un'idea più chiara di come sarebbe stato affrontare un animale più grande di lui.

"Da quando abbiamo saputo che il mutaforma drago era stato ritrovato," rispose infine riluttante il traditore. "Non molto."

"Quindi ammetti di aver cospirato con loro?" Chiese Marco.

Il mutaforma inclinò leggermente la testa.

"Gli hai dato *ordini*? È stata una tua idea quella di fargli attaccare la tenuta degli eterogenei?"

"Pensavo che sarebbe stato meglio se foste tutti morti," replicò Julius. "Potrei avergli dato qualche consiglio su come riuscirci, ma quella notte io ero qui, nella tenuta."

"Li hai mandati ad assalire la *mia* gente," sbottai. "Cosa gli hai suggerito di dirgli per convincerli ad aiutarvi? I ribelli non avrebbero mai trovato un'argomentazione valida da soli. So che non ci sarebbero riusciti."

"Oh, è stato un gioco da ragazzi," rispose senza neanche guardarmi. "È bastata qualche parolina dolce, che gli facesse capire quanto starebbero meglio senza un alfa che li comandi a bacchetta."

No. Doveva esserci qualcos'altro dietro. Quella risposta mi irritò terribilmente, ma forse era solo perché non volevo ammettere che i miei simili si facessero corrompere così facilmente? All'improvviso non mi sentivo più così sicuro del mio giudizio.

"Ti aspetti che creda che sia tutto qui?" Domandai, lasciando che la mia voce rimbombasse più forte. "Esattamente, cosa poteva volere la mia famiglia che fosse meglio di quello che hanno già?"

Julius fece spallucce, con il capo ancora chino. "Cosa ti fa pensare che stiano così bene?"

Quella non era neanche una risposta. M'irrigidii e feci un passo indietro, trattenendomi dallo scagliarmi addosso a di lui.

Non era del tutto una risposta, ma in parte sì. I miei simili *si erano* fatti corrompere. Forse il come non era così importante. Avevano le loro debolezze, per quanto odiassi ammetterlo. Ma dovevo accettarlo se volevo affrontarle e aiutarli a superare qualsiasi problema ci attendesse.

Perché chiaramente eravamo ancora ben lontani dal risolvere le cose.

"Sappiamo che avevate pianificato qualcosa per la nostra visita qui," intervenne Marco. "Ti va di condividere qualche dettaglio, oppure preferisci che la verità ti venga estorta con il fuoco del drago?"

Ren si avvicinò a me e mi strinse un braccio. Aveva percepito la mia angoscia. Non volevo mostrare alcuna debolezza di fronte al nostro prigioniero, ma mi concessi di accarezzarle rapidamente i capelli. Il profumo dolce e delicato della mia compagna mi tranquillizzò.

"Gli ho solo fatto sapere che stavate arrivando," disse Julius. "Che sarebbe stato un buon momento per entrare in scena. Tutto qui."

"Beh, di certo a *questo* non credo," commentò Marco. Lanciò un'occhiata a Ren. "Principessa?"

Ren mi guardò come per chiedermi il permesso. Come se ne avesse bisogno. Potevo farmi da parte per un po', forse era meglio così. Invece che continuare a insistere per le risposte che volevo, dovevo limitarmi ad ascoltare.

Lei era riuscita a comunicare con Orion. Forse avrebbe trovato un'anima redimibile anche in quel misero felino.

Ren

Mi posizionai proprio di fronte a Julius. Teneva la testa bassa, come se in quel modo potesse evitare di dire la verità. Non aveva sentito parlare dei miei poteri?

Non mi sarei trasformata subito in drago, però. Mi aveva dato una strana sensazione durante tutto l'interrogatorio. Volevo capirci qualcosa di più.

"Guardami," ordinai. Quando non si mosse, ripetei la richiesta con un accenno di fuoco nella mia voce. "*Guardami.*"

Il mutaforma tigre trasalì, alzando la testa di scatto. Quando incrociò il mio sguardo, sbatté le palpebre. I suoi occhi marrone chiaro sembravano stranamente annebbiati.

Eppure non aveva motivo di essere stordito. Fino a quel momento si era mostrato così bendisposto che Marco non l'aveva drogato. Se avesse provato a trasformarsi, le catene che lo imprigionavano sarebbero state ancora più strette per la sua tigre.

"Dimmi esattamente dove ti incontravi con i ribelli," chiesi. "E se li hai visti in più posti, inizia dal primo."

"Io… li ho visti di persona solo una volta," rispose. "Al di là della radura. Le altre volte, mandavo qualcuno a parlarci per me."

Aggrottai la fronte. Sentivo che stava dicendo la verità, ma allo stesso tempo il suo atteggiamento e la vaghezza delle sue risposte mi turbavano.

"Puoi mostrarci dove?"

"Non sono sicuro di ricordarlo con precisione," disse. Anche quella sembrava vero.

Mi passai la lingua sui denti. "Chi ha parlato per te le altre volte?"

"Nessuno dei nostri. È stata una loro idea, così non avrei potuto darvi nomi."

"Possiamo costringerti a farlo," si intromise Marco. "E, credimi, mi divertirò senz'altro a vederti avvolgere da quelle fiamme."

Feci un gesto con la mano e lui si fermò, accigliandosi. Ma Julius continuava a darmi l'impressione di essere sincero. Le mie fiamme violacee non avrebbero potuto tirargli fuori altro.

Volevo ottenere risposte chiare, ma le domande più importanti riguardavano cosa ci aspettava, non cosa era già successo.

"I ribelli stanno pianificando di attaccare la tenuta dei felini?"

"Non lo so," rispose Julius onestamente. Le sue labbra si incurvarono leggermente. Non riuscivo a capire se fosse sul punto di sorridere o di fare una smorfia. Un brivido mi percorse la spina dorsale.

"Hanno dei piani per quando lasceremo la tenuta?"

"Non lo so."

"Cosa *sai* delle loro intenzioni?"

La tigre lasciò cadere di nuovo la testa in avanti, sospirando. "Non so nulla di cosa faranno. Per quanto mi riguarda, sanno benissimo come mettervi in difficoltà anche da soli."

"E cosa pensi che avrebbero fatto se fossi riuscito a battermi?" Domandò Marco. "Loro sono contro l'intero sistema degli alfa. Pensavi davvero che si sarebbero inchinati a te dopo essere diventato quello che odiano di più della comunità dei mutaforma?"

"Non m'importava," rispose Julius. "Volevo solo che *tu* ti togliessi di torno."

"Perché?" Chiese Aaron dal fondo della stanza. "Cosa speravi di ottenere?"

Julius esitò. Qualcosa in quella domanda sembrava averlo spiazzato. Le sue dita si arricciarono sulle ginocchia. "Rispetto," disse. "Potere. Una posizione migliore di quella che ho adesso."

Tutto vero. Mi morsi il labbro. Per quanto fosse onesto, non c'era nulla di utile in quello che diceva.

Feci un cenno con la testa verso la porta. Gli alfa uscirono, ma prima Marco si fermò a dare un'ultima occhiata al suo rivale. Io li seguii. Marco chiuse la porta alle nostre spalle.

"Lo portiamo fuori, così potrai usare il tuo potere su di lui?" Chiese West con il solito tono scorbutico.

Feci no con la testa. "Non servirebbe a niente. Non ci sta mentendo. Non è molto chiaro, e c'è qualcosa di strano nel modo in cui risponde, ma le cose che dice di non sapere… non le sa davvero. A meno che non sia in qualche modo abbastanza forte da confondere le mie percezioni, cosa che neanche voi quattro riuscite a fare."

Marco fece un sorriso sprezzante. "Non mi sembra affatto probabile."

"Infatti," concordai. "Ma cosa possiamo fare? Ha ammesso di aver collaborato con i ribelli, anche se non sembra coinvolto neanche la metà di quanto pensava Orion. E lui sembrava sicuro che fosse un felino a decidere molte cose."

"Orion non era esattamente in grado di darti molti dettagli," sottolineò West.

"Non mi piace affatto l'idea di lasciare quel tizio a piede libero," intervenne Nate, puntando il pollice verso la porta. "Se ti limiterai a esiliarlo come un normale sfidante, non c'è dubbio che andrà dritto dai ribelli. E non sappiamo cosa potrebbe architettare con loro. Conosce la tua tenuta, conosce la tua gente. Gli dirà tutto."

"Ci sono altre considerazioni da fare," disse Aaron.

"Ad esempio?" Domandò l'orso.

"Ad esempio quanta voglia ho io di raccontare ai miei simili del coinvolgimento di Julius con i ribelli," s'intromise Marco. "Se lo rinchiudo, invece di bandirlo, dovrò dare una spiegazione. E loro potrebbero non credermi. Potrebbero pensare che sia una scusa per continuare a torturarlo. Il che di certo non farà miracoli sull'aria che si respira qui."

Cavolo. Non ci avevo pensato. Incrociai le braccia sul petto. "Quindi qual è la migliore opzione?"

Marco sospirò. "Non lo so. Posso tenerlo confinato ancora per un po' senza troppe domande, ma prima o poi dovrò prendere una decisione ufficiale. Sarebbe davvero fantastico se la mia astuzia felina mi desse una mano."

"Ci ragioneremo tutti insieme," disse Aaron.

A differenza della tenuta di Nate, le celle di detenzione di Marco non si trovavano in un seminterrato, ma in un edificio separato accanto alla villa principale. Quando uscimmo, Kylie e Alice ci stavano aspettando.

Kylie si precipitò al mio fianco, ma dall'espressione sul suo viso sembrava ancora un po' preoccupata. Anche per quello avevo voluto che restasse fuori durante l'interrogatorio.

"Allora, cos'avete scoperto?" Domandò, rivolgendo di nuovo lo sguardo verso l'edificio dal quale eravamo usciti.

"Non molto," risposi. "Ancora non sappiamo se i ribelli hanno intenzione di attaccarci qui, né come."

"Li stava davvero aiutando?"

"Sembra di sì. L'ha praticamente ammesso."

Kylie inclinò il capo. "Quindi cosa gli succederà, adesso?"

Aprii le mani. "Da quello che i ragazzi mi hanno detto, chi perde la sfida viene bandito. Il suo marchio viene cancellato e sostituito da un altro sulla fronte, in modo che tutti possano vedere il suo nuovo status." Mi indicai la fronte. "Se un mutaforma lo vedesse nei territori della comunità avrebbe tutto il diritto di ucciderlo. E…"

Quando notai l'espressione di Kylie, iniziai a balbettare. Aveva un'aria malaticcia che stonava terribilmente con il suo taglio rosa fluo. Di fronte al mio improvviso silenzio, mi guardò e mi rivolse un sorriso incerto.

Stavo parlando di omicidi come se nulla fosse. Non c'era da stupirsi che si sentisse male.

"Stai bene?" Domandai. "Se hai bisogno di qualcosa…"

Si mise a ridere impacciata. "No, no. Credo di aver avuto la mia buona dose di brutalità da mutaforma per qualche giorno. Non ho dormito molto, la scorsa notte. Magari farò un pisolino."

"Posso accompagnarti in camera," si offrì Alice. Stavo per intervenire e dire che l'avrei fatto io, ma mi trattenni. Forse Kylie aveva bisogno di un po' di distanza anche da me, oltre che dagli altri.

Mi guardai intorno con un nodo allo stomaco. Anche i miei compagni si erano incamminati verso la villa. Marco era rimasto un po' indietro rispetto agli altri, con un'insolita espressione solenne. Non sembrava così esausto, ma la sua tipica energia frizzante si era spenta.

La sfida del giorno precedente gli aveva chiaramente tolto più di quanto volesse ammettere.

Lo raggiunsi, prendendolo sotto braccio. Quando mi vide, s'illuminò. "Ehi, principessa."

Appoggiai la testa sulla sua spalla. All'improvviso non volevo altro che avvolgermi nel suo calore. Godere del fatto che era ancora lì, vivo e vegeto – non inerte e sanguinante tra le grinfie di una tigre.

"Ho l'impressione che a entrambi serva un po' più di tempo per riprenderci da ieri sera," esordii. "C'è qualche posto nella tenuta dove potremmo almeno far finta di rilassarci? Magari è proprio quello che serve al tuo ingegno per riattivarsi."

L'angolo della sua bocca si curvò in un sorriso. "A dire il vero, conosco il posto perfetto."

19

Ren

Con tutto il trambusto del giorno prima, non avevo ancora avuto l'occasione di esplorare la tenuta. Quando Marco aprì la porta della vasta serra che avevo visto solo dall'esterno, mi mancò il fiato.

"Wow." Misi piede sul sentiero in pietra che si snodava nella fitta vegetazione tropicale. Sopra di noi, gli alberi si protendevano formando una copertura ad arco. Delle cornici rocciose artificiali erano state scavate lungo le pareti, offrendo sporgenze a vari livelli su cui arrampicarsi. L'aria era calda e umida, ma non soffocante. Un profumo floreale mi avvolgeva.

"È come la tua palestra–giungla nella casa di New York, solo dieci volte più grande," commentai.

"L'idea è quella." Marco mi prese per mano, e insieme

ci incamminammo lungo il sentiero. "Il clima sarà anche più caldo, qui in Florida, ma gli inverni sono comunque più freddi di quanto vorremmo. E questo posto ci offre uno spazio per esercitare la nostra natura felina senza preoccuparci di essere osservati. Un lupo o un orso possono correre nei boschi senza troppe limitazioni. Un giaguaro o un leone? Attireremmo troppa attenzione, se qualche umano ci avvistasse."

Come dargli torto. "C'è qualche possibilità che ci sia una serra *molto* grande anche nella tenuta dei draghi?" Domandai. "Perché se un grosso gatto attira tanta attenzione…"

Marco ridacchiò. "Il vostro quartier generale è abbastanza isolato da permettervi di volare nei dintorni senza problemi. I draghi hanno accumulato un sacco delle proprietà circostanti per tenere gli umani a distanza."

Non sembrava fare troppo caldo quando eravamo entrati, ma ora un velo di sudore si stava stendendo sulla mia pelle. Mi strofinai le braccia. "Peccato che non si possa *abbassare* la temperatura in base alla necessità."

"Ci sono altri modi per rinfrescarsi," disse Marco con tono malizioso. "Spogliarsi è sempre il mio preferito."

Gli rivolsi uno sguardo ironico. Lui ricambiò il sorriso, tornando a sembrare quello di sempre. Almeno quella parte del mio piano stava funzionando.

"In realtà," disse tirandomi per la mano, "credo di sapere come convincerti…"

Attraversammo un passaggio formato da un cespuglio arcuato e sbucammo sulla riva di un laghetto artificiale. L'acqua sgorgava da un tubo a una delle sue estremità. Le pareti e il fondale erano dipinti di marrone per sembrare terra, e la vegetazione cresceva fino alle sue sponde. L'acqua era cristallina, ed era deliziosamente invitante.

"Mmm," dissi. "È una proposta decisamente allettante."

"Ci entrerò con o senza di te," rispose Marco ancora sorridente. Si sfilò la camicia in un unico movimento e si sbottonò i pantaloni. Accidenti. La disinvoltura con cui i mutaforma si spogliavano cominciava a sembrarmi normale, ma era ancora dannatamente *eccitante* – nel migliore dei modi.

Al contrario di me, che me ne stavo lì tutta accaldata, con i vestiti ancora addosso. Come se Marco non mi avesse vista nuda almeno una dozzina di volte.

Mi sfilai il vestito di cotone che ero riuscita a trovare tra le proposte più eleganti del guardaroba. Marco intonò un verso di approvazione e si tuffò in acqua. Qualche schizzo mi lambì la pelle mentre mi liberavo degli slip. La freschezza delle gocce era così piacevole che non mi fermai neanche a testare l'acqua. Mi tuffai subito dopo di lui.

Il laghetto era così profondo che la mia testa finì sott'acqua prima che i miei piedi toccassero il fondo. Mi spinsi in superficie, godendomi appieno la sensazione dell'acqua sulla pelle. Non avevo mai fatto il bagno nuda, in realtà. Sarebbe stato bello farne un'abitudine.

Mi scostai i capelli bagnati dal viso. Marco mi rivolse un sorriso raggiante, i suoi capelli brillavano come inchiostro nero.

"Ci sono delle piattaforme vicino alla riva," disse. "Se ti stanchi di stare a galla."

"Credo che le mie gambe possano reggere un po' di movimento."

"Okay, ma sta' attenta alle anguille."

"Cosa?" Sobbalzai, sbirciando nell'acqua sotto di me.

Marco scoppiò a ridere. "Sto scherzando, principessa. Giuro solennemente che non c'è una sola anguilla in tutta la tenuta."

"Tu…" Non riuscii neanche a trovare le parole per esprimere il mio pensiero su quello scherzo, ma andava bene così. Avevo un'intera piscina a disposizione. Feci schizzare l'acqua mirando al suo viso.

Gli occhi di Marco brillarono. "Sei sicura di volerlo fare? Non iniziare una battaglia che non sei pronta a perdere."

"Sono solo le chiacchiere di un gatto bagnato," ribattei schizzandolo di nuovo.

Si asciugò il viso con un ringhio scherzoso. "Te la sei cercata."

Invece di contrattaccare, si tuffò verso di me. Io strillai e nuotai via. Riuscii a schizzarlo un'altra volta prima che mi afferrasse per la vita. Con l'altro braccio, raccolse un mucchio d'acqua e me lo rovesciò addosso.

Scossi la testa, ridendo a crepapelle e sgusciando fuori dalla sua presa. Lo colpii con un altro bello spruzzo calciando l'acqua con le gambe. Poi Marco mi afferrò la caviglia. "Ehi!" Protestai mentre mi tirava.

"Guarda cosa ho pescato," scherzò. "Un raro pesce drago."

In un'incredibile dimostrazione di maturità, gli feci la linguaccia e sollevai un'altra ondata con la gamba libera. Marco mi tirò per la caviglia e nello stesso tempo si lanciò in avanti per afferrarmi i polsi. Li bloccò delicatamente contro il margine del laghetto. "Basta così."

I miei piedi si posarono su una delle piattaforme di cui aveva parlato. "Non sei divertente," gli dissi.

"Oh," rispose, abbassando la voce man mano che si avvicinava. "Non hai idea di quanto io possa essere divertente."

D'un tratto mi resi conto di quanto il resto del suo corpo fosse vicino al mio, sott'acqua. Un corpo decisamente nudo. E il *mio* corpo decisamente nudo moriva dalla voglia di annullare qualsiasi distanza. Sostenni il suo sguardo, scaldata dal calore di quegli occhi indaco.

"Non lo so," dissi abbassando anch'io la voce. "Credo di essermi fatta un'idea abbastanza precisa. Ma sei sempre libero di darmi un'altra dimostrazione."

"Un invito davvero allettante," mormorò.

Chinò la testa, e io sollevai la mia per accogliere il suo bacio. La sua bocca era calda e bagnata, così esigente da provocarmi un brivido di desiderio. Volevo toccarlo, far scivolare le mani sui suoi muscoli eleganti e spingere il suo corpo sul mio, ma lui si teneva distante da me e mi bloccava per i polsi. Potevo avere solo quel bacio.

La sua lingua mi scivolò in bocca, intrecciandosi con la mia. Un gemito di voglia risuonò nella mia gola quando il bacio si fece più intenso. Stavo annegando nel suo sapore leggermente piccante, nel desiderio di avere qualcosa di più.

Marco lasciò la mia bocca per tracciare una scia di baci lungo il mio collo. Spalancai gli occhi, e il mio sguardo fu catturato da un segno rosso vivo che si estendeva da dietro il suo orecchio fino alla base del cranio. Trasalii, con il cuore dolente per un'emozione che non aveva nulla a che fare con l'eccitazione.

Marco si tirò indietro. "Che succede?" Domandò con occhi preoccupati. La sua presa sulla mia vita si allentò.

Allungai una mano per toccargli il lato del collo. Il mio pollice sfiorò la cicatrice fresca. "Non mi ero accorta che Julius ti avesse ferito qui." Così vicino alla gola.

"Non ha molta importanza, no?" Rispose con leggerezza. "Alla fine ho vinto."

"Lo so." Ma la paura che avevo provato durante il combattimento riaffiorò. "Guardarvi è stato terribile," dissi quasi bisbigliando. "Ogni volta che ti colpiva, lo sentivo anch'io. Non hai idea di quanto volessi intervenire e dare quel bastardo alle fiamme."

Terminai quella frase con un ringhio. Marco sorrise. "Sarebbe stato uno bello spettacolo. Forse ne avrai ancora la possibilità, visto come stanno andando le cose."

Non volevo pensare ai ribelli e alla minaccia che ancora incombeva su di noi. Quell'enorme problema sarebbe stato lì ad aspettarci anche quando avremmo lasciato la serra. Ma in quel momento…

Abbassai la testa, premendo le labbra sulla cicatrice. Il respiro di Marco si fece affannato. Sentivo il suo cuore battere forte sotto la mano che tenevo appoggiata sul suo petto. Baciai ogni centimetro della linea rossa che l'aveva portato a un passo dalla morte.

Una luce quasi selvaggia brillò nei suoi occhi quando mi tirai indietro. Si avvicinò a me, tanto da sfiorare il mio naso con il suo. La sua voce venne fuori lenta e quasi senza fiato.

"Dicevo sul serio, quella volta. Sul fatto che ti desidero più di quanto desideri essere alfa. Mentre combattevo, non riuscivo a pensare ad altro. Dovevo batterlo per restare il tuo compagno. Per poterti baciare di nuovo. Per ridere ancora insieme a te." Si fermò, tirandosi di nuovo indietro per guardarmi negli occhi. "Mia Principessa delle Fiamme. Mia Serenity. Mio drago. Qualunque cosa succeda, non ci sarà mai nessun'altra per me. Ti amo, Ren."

Mi si strinse la gola. Un'emozione intensa e travolgente mi esplose nel petto. "Ti amo anch'io," dissi senza neanche doverci pensare. Dirlo ad alta voce fu quasi un sollievo. Dio, perché non l'avevo fatto prima, con tutti i miei compagni? Ne avevo bisogno. Dovevo farlo di più. Sempre. Finché non sarebbe stato impossibile per loro dimenticarlo. Perché era vero – in mezzo a tutto quel caos, mi ero innamorata di loro con tutto il cuore.

La stessa ondata di emozioni mi rinvestì da ogni punto in cui i nostri corpi si toccavano. Marco mi sorrise, era così felice da togliermi il fiato. Fece come per baciarmi di nuovo, ma all'improvviso delle voci risuonarono dall'altra parte della serra.

"Che ne dici, ti va di arrampicarti sugli alberi o restiamo a terra?"

"Perché non entrambe le cose? Mi ci vorrebbe una bella corsa."

Cavolo. Giusto, tutti i felini avevano libero accesso a quel posto. Feci una smorfia, e Marco scosse la testa con un sorriso divertito. Mi stavo abituando a farmi vedere nuda, ma non ero esattamente pronta a rendere pubblico un momento così intimo con il mio compagno.

"Quando ci vedranno insieme, probabilmente se ne andranno," mormorò Marco.

Mi venne un'idea folle. Almeno per evitare che ci vedessero. E magari avrebbe aiutato Marco a riguadagnarsi un po' della sua reputazione. Un sorriso malizioso mi incurvò le labbra. Marco inarcò le sopracciglia, e io posai un dito sulla sua bocca per farlo tacere. Poi iniziai a urlare.

"Oh, Marco! Sì, proprio così! Mmm, non fermarti!"

Gli occhi di Marco si socchiusero mentre reprimeva una risata. La conversazione degli intrusi piombò nel silenzio. Gemetti a voce alta, per sicurezza. "Oh, sì. Più forte! Sei fantastico!"

Si udì un breve fruscio, e poi il tonfo della porta che si chiudeva. Marco lasciò cadere la testa accanto alla mia, cercando ancora di trattenersi. Un risolino mi sfuggì di bocca. Alla fine scoppiammo a ridere entrambi.

Mi asciugai le lacrime agli occhi. "Quanto tempo pensi che abbiamo prima che osino rimettere piede qui dentro?"

"Probabilmente aspetteranno finché non sarò dall'altra parte del Paese," rispose Marco. "Sei fortunata che non fossero dei guardoni."

"Oh, sono sicura che in quel caso mi sarei inventata qualcos'altro."

Inarcò di nuovo le sopracciglia. "Peccato non aver visto cosa."

"Peccato per te." O forse no. Il suo braccio si era poggiato proprio sotto il mio seno. Le nostre gambe erano intrecciate. Il mio cuore si fermò, colmo di desiderio. "Che ne pensi? Riusciresti davvero a farmi urlare così?"

Lo sguardo di Marco si fece incandescente. "Credo di

essere all'altezza della sfida. È questo che vuoi, principessa?"

Lo era. In quel momento, con lui che mi guardava così, non c'era nulla che desiderassi di più al mondo.

"Ti voglio," dissi con voce bassa e decisa. "Voglio tutto di te. Marco, mi prenderesti come tua compagna?"

Un ringhio sommesso gli vibrò nel petto, poi mi baciò di nuovo, con così tanta passione da incendiarmi tutta. Mi aggrappai alla sua spalla con una mano, mentre l'altra scivolò lungo i muscoli che avevo tanto desiderato esplorare prima. L'acqua ci accarezzava la pelle mentre ci divoravamo in quel bacio.

Marco portò le mani sui miei seni, accarezzando i miei capezzoli in dolci cerchi. L'acqua li lambiva ancor più forte tra una carezza e l'altra. Gemetti nella sua bocca, inarcandomi al suo tocco. Lui colse l'occasione per intrecciare la lingua alla mia. Ci divoravamo a vicenda, come in un duello, mentre le sue mani bagnate continuavano a toccarmi. Quando mi pizzicò i capezzoli, una scintilla di assoluto piacere esplose nel mio centro.

Ansimai, sollevando i fianchi verso di lui. La dura lunghezza della sua erezione mi sfiorò tra le gambe, rendendomi disperatamente più vogliosa in un istante. Lasciò i miei seni per afferrarmi le cosce e tirarmi a sé. Il suo sesso mi toccò il clitoride. Tremai per il piacere mentre lui iniziava a muovere il bacino, infuocandomi sempre più a ogni spinta.

"La risposta è sì," sussurrò. "In caso non l'avessi capito." La sua bocca catturò di nuovo la mia. Stavo fluttuando nel godimento più puro, ma il mio sesso pulsava di un bisogno più profondo.

Allungai una mano in mezzo a noi per afferrare la sua virilità. Quando iniziai ad accarezzarla su e giù, Marco gemette di piacere. Sollevai i fianchi ancora una volta, offrendomi a lui.

Si tirò leggermente indietro per guardarmi negli occhi. Una domanda brillava nei suoi, come se non fossi stata già abbastanza chiara.

"Ti prego," lo implorai tirandolo in avanti.

Mi spinse contro la parete mentre sprofondava gloriosamente tra le mie gambe, centimetro dopo centimetro. Per quanto lo volessi completamente dentro di me, mi aggrappai alle sue spalle, resistendo all'impulso di dimenarmi su di lui come una selvaggia. Un bruciore afrodisiaco si propagò dal mio centro a ogni parte di me. Mi baciò l'angolo della mascella mentre mi riempiva fino in fondo. Il suo respiro si riversava caldo sul mio collo.

"Oh, Dio, principessa," ringhiò. "È fantastico, cazzo."

Ansimai, persa nel mio bisogno di lui. "Meno chiacchiere, più sesso."

Fece una risatina roca e ricominciò a muoversi. A ogni spinta, il mio corpo tremava più forte, scalpitando per un orgasmo. Il nostro legame divampò tra di noi come un'ondata d'estasi che mi lasciò senza fiato. Muovevo i fianchi al ritmo dei suoi, gemendo ogni volta che si spingeva più in profondità.

"Non hai ancora urlato il mio nome," mormorò. "Non era quello che volevi?"

"È così bello," dissi affannosamente. "È così… oh!"

La sua spinta successiva cambiò leggermente l'angolazione dei miei fianchi, e il suo sesso premette a lungo sul punto più sensibile dentro di me, facendomi trasalire. L'estasi mi offuscò la vista.

Marco aumentò il ritmo, continuando a colpire quel punto con carezze inebrianti. Gemetti, lasciando cadere la testa all'indietro. "Dio. Proprio lì. Non fermarti."

La sua risatina si dissipò in un altro ansito. Sprofondò dentro di me un'altra volta, e un'altra ancora, e tanto bastò per farmi raggiungere il culmine. Gridai, così forte che avrebbero potuto sentirmi in tutta la serra, se non avessi già fatto scappare gli intrusi.

Le labbra di Marco si schiantarono sulle mie. Lo baciai, mentre una pioggia di scintille esplodeva dietro le mie palpebre chiuse. Poi, con un brivido, mi raggiunse nell'abisso, riversandosi dentro di me.

Rallentò fino a fermarsi, accompagnandomi dolcemente fino alla fine del mio orgasmo. Lo abbracciai forte, tremando di beatitudine. Lui mi strinse a sé, ricambiando.

Appoggiai la testa sulla sua spalla, sopraffatta da emozioni che non potevo attribuire solamente al sesso. "Il mio compagno," bisbigliai.

Marco mi baciò la guancia, accarezzandomi i capelli con le dita. Mi accoccolai a lui. Per quanto tempo potevamo rimanere lì? Quella fuga si era rivelata meravigliosa.

Poi mi sollevò il mento per reclamare ancora le mie labbra. Il bacio fu delicato, all'inizio, ma mentre lo ricambiavo una nuova ondata di desiderio mi travolse. Lui si fece sfuggire un verso di approvazione mentre la passione tornava a prendere il sopravvento.

Stavo quasi pensando di ricominciare da capo, per

recuperare il tempo perduto, quando un boato rimbombò tra le pareti della serra.

Ci pietrificammo entrambi, drizzando le orecchie. Per un secondo, non si udì nulla. Poi l'aria si squarciò con l'esplosione di un colpo di pistola.

20

Ren

Marco e io ci precipitammo fuori dall'acqua. Non c'era tempo per rivestirci. Non avevamo neanche il tempo di asciugarci. Le gocce mi rigavano la schiena e il petto mentre percorrevamo di corsa il sentiero fino alla porta. Ogni briciolo di calore in me si dissipò. Tutto ciò che sentivo era una fitta di gelo che mi trafiggeva il torace.

Un altro sparo risuonò nell'aria – sembrava provenire dall'interno della villa. M'irrigidii. I ricordi sepolti nella mia mente riaffiorarono. I corridoi chiari e puliti della dimora dei draghi erano ricoperti di sangue. Una sorella, un padre, un altro ancora… accasciati sul pavimento. Lo scatto di un fucile che veniva ricaricato.

Un retrogusto ferroso mi riempì la bocca. No. Non avrei assistito a un altro massacro. I ribelli non mi avrebbero portato via i miei alfa. Non avrebbero ucciso nessuno dei mutaforma lì.

Ma il martellare del mio cuore e gli spari che ancora mi rimbombavano nelle orecchie mi dicevano che molto probabilmente lo avevano già fatto. E per irrompere nella tenuta in pieno giorno, con le armi spianate, dovevano essere stati aiutati.

Non da Julius. Lo avevamo lasciato incatenato in cella.

Lanciai un'occhiata a Marco mentre raggiungevamo la porta. "C'è un altro traditore nella tua famiglia," dissi. "Dev'essere per questo che Julius era così strano. Era vero che non sapeva molto. Era solo il burattino di qualcun altro."

Marco spalancò la porta. "Così sembra," rispose con voce tesa. "Il che significa che c'è qualcun altro che ha voglia di sentire le mie zanne nella gola."

Se mai fosse riuscito ad avvicinarsi tanto prima di beccarsi un proiettile. Sentii una fitta al petto. Gli afferrai il braccio. "Dobbiamo fare in fretta, ma non possiamo precipitarci lì dentro. Sono armati. Noi no. Dobbiamo essere furbi."

Marco mi scoccò un sorriso tagliente. "So come combattere con astuzia, principessa. Non preoccuparti per me. Non mi hai visto ieri sera?"

Mi prese la mano, stringendola forte, e corremmo insieme lungo il corridoio. Voci e grida risuonavano davanti a noi. Il mio corpo era pronto a trasformarsi, a far piovere fiamme su chiunque avesse tradito la mia gente, ma mi costrinsi ad aspettare. Dovevo risparmiare tutta l'energia per la vera battaglia.

Marco non aveva le mie stesse preoccupazioni, però.

Diede un'ultima stretta alle mie dita e poi mi lasciò. Un secondo dopo, balzò in avanti in forma di giaguaro. Nel giro di pochi salti, mi aveva completamente superata.

Non potevo lasciare che si lanciasse nella mischia da solo. Mi spinsi forte sulle gambe, raccogliendo tutta la forza del mio drago.

Svoltammo l'angolo e ci ritrovammo nell'atrio principale. Un corpo giaceva ai piedi dell'ampia scalinata. Tre mutaforma sfrecciarono lungo il corridoio, con il volto pallido dal panico. Un leone si lanciò in avanti, sobbalzando di lato quando un colpo di pistola fu esploso. Il sangue schizzò dalla sua spalla fulva.

"Non c'è motivo di lottare!" Urlò una voce vibrante. Qualcosa mi colpì in quel suono – mi sembrò di riconoscerla. "Non vogliamo causare problemi ai mutaforma. Consegnateci gli alfa e il drago, e il resto di voi potrà proseguire la giornata come al solito."

Un'altra voce mi giunse alle orecchie da più lontano: il profondo baritono di Nate. "Andate nelle vostre stanze," urlava. "Chiudete le porte. Ce ne occuperemo noi."

C'erano anche gli altri alfa? Il mio cuore vacillò. Mi spinsi in avanti ancora più velocemente. I muscoli delle mie gambe bruciavano. Marco sfrecciava davanti a me, battendo le zampe sullo spesso tappeto.

Nonostante zoppicasse, il leone tornò all'attacco. Lo scoppio dei proiettili echeggiava nell'aria. Ci fu un boato che non riuscii a vedere, ma immaginavo fin troppo bene cosa fosse successo: il grosso felino accasciato sul pavimento che sprofondava nella sua forma umana, una pozza di sangue intorno al suo corpo inerte.

Un altro ricordo mi balenò in mente, così nitido e

chiaro da farmi perdere il senso della sala intorno a me. Avevo cinque anni, stringevo il braccio del mio padre lupo. Singhiozzavo così forte che mi faceva male lo stomaco. Le mie mani appiccicose di sangue. Il clic del fucile. Poi le dita di mia madre che mi afferravano il braccio e mi tiravano in piedi.

Via! Via!

Barcollai, e di colpo mi ritrovai di nuovo nell'atrio. Il corpo che avevo immaginato era a terra, a pochi metri da me. Il marito di Coreen giaceva con occhi sbarrati. Indietreggiai di scatto fino al muro.

Intorno alla scalinata regnava il caos. I mutaforma felini non avevano accolto l'appello di Nate, o almeno non tutti. A quanto pareva, neanche in un momento di crisi erano disposti ad ascoltare un orso. Pantere, tigri, leoni e linci ringhiavano e si scagliavano contro nemici animali di ogni tipo, sotto le scale e ai loro lati. Molti altri corpi erano distesi nell'ombra. Non riuscivo a capire chi fossero i nostri e chi i ribelli. Sembrava che stessimo combattendo contro un centinaio di nemici.

I miei alfa erano in mezzo alla mischia: l'orso di Nate e il lupo di West stavano chiaramente cercando di spingere i mutaforma verso il corridoio centrale, mentre respingevano i ribelli; l'aquila di Aaron si era fiondata sulle scale per affrontare una donnola che stava per balzare sugli altri dall'alto.

C'era anche Alice, in forma umana, che spingeva Kylie in un angolo alle sue spalle. Il mio cuore smise di battere. Non sapevo come fossero finite lì, ma ormai erano in trappola – a meno che non fossero riuscite a scappare passando attraverso i combattimenti. La mia amica teneva le spalle attaccate al muro, con le braccia strette intorno a sé. I suoi occhi sgranati erano fissi sulle figure dall'altra parte della sala.

All'estremità del folto tappeto che portava alle doppie porte della villa, c'erano i ribelli ancora in forma umana. Due di loro tenevano in mano una pistola, gli altri tre dei fucili. Avevano più armi di quante ne avessero i gruppi degli attacchi precedenti. Il mio stomaco si contorse a quella vista, ma poi si rivoltò completamente quando scorsi un volto familiare in mezzo a loro, mentre marciavano in avanti.

Avevo contato male. C'erano tre pistole, ma il tizio che teneva la terza non era un ribelle. Era Phillipe, il leopardo delle nevi dai capelli a chiazze che aveva elogiato Marco con il suo discorso, la sera prima.

Come se avesse avvertito il mio sguardo su di lui, si voltò di lato e mi vide. La donna accanto a lui alzò il fucile per sparare ad Aaron, colpendolo all'ala. Phillipe sorrise e fece segno agli altri.

"Ecco il mutaforma drago," annunciò. Il suo tono cordiale si fece crudele. "Abbattetela."

Mi puntarono le tre pistole addosso. Scattai all'indietro verso una porta aperta in fondo al corridoio. Nello stesso istante, Marco si lanciò in avanti.

Il giaguaro si avventò sulla ribelle più vicina, buttandola a terra proprio mentre sparava. Il tizio accanto a lei trasalì e il suo colpo andò a vuoto. Phillipe imprecò, puntando la pistola contro Marco.

"No!" Tornai indietro di corsa, spingendomi forte sul pavimento. La trasformazione mi attraversò più velocemente di quanto non avesse mai fatto. I miei muscoli si gonfiarono di colpo, la pelle mi pungeva. Un dolore lancinante mi pervase le ossa. Ma ce l'avevo fatta. Con un ruggito draconico, mi fiondai dritta su Phillipe prima che potesse premere il grilletto.

Aaron si tuffò su un altro dei ribelli armati. Nate attraversò il campo di battaglia per raggiungerci, e West lo seguì sfrecciando. La ribelle che Marco aveva placcato gli sbatté la pistola sulla tempia e riuscì a rotolare via dalla sua presa. Lui le afferrò il polso con le fauci. La strattonò e si udì un rumore di ossa rotte. Lei ansimò e lasciò cadere la pistola.

Phillipe era caduto quando lo avevo travolto, ma scattò via trasformandosi. Sputai una fiammata sulla sua pistola, facendola fondere, e mi lanciai al suo inseguimento. Dov'era Kylie? Dovevo assicurarmi che stesse bene. Dovevo cercare di tenere *tutti* al sicuro.

Il leopardo delle nevi passò accanto a Nate, e l'orso lo colpì di lato. Intorno a noi, la battaglia imperversava. Uno dei ribelli rimasti umani sparò altri colpi, centrando Nate sul fianco. Il sangue schizzò sulle assi lucide del pavimento. Era un caos di pelliccia volante e voci che urlavano. Riuscivo a malapena a distinguere chi tra i vivi fosse dei nostri.

Guardandomi intorno, una solida certezza mi colpì. Non m'importava se la famiglia di Nate o quella di Marco dubitassero delle mie capacità di guida. Non m'importava di cosa gli avessero offerto i ribelli in alternativa. *Quello* era invece ciò che portavano. Tutto ciò che avevano sempre portato era violenza, dolore, distruzione.

Forse neanch'io sapevo quanto sarei stata brava come

leader, ma ero dannatamente sicura di poter dare ai miei simili meglio di così.

Con quella ritrovata determinazione che si rafforzava nel mio ventre, feci esplodere l'uomo che aveva sparato a Nate con un getto infuocato. Si sbriciolò gridando. La ribelle a cui Marco aveva spezzato il polso stava lottando per recuperare la pistola, con la mano indebolita. La ridussi in cenere prima che riuscisse ad arrivarci.

West stava puntando a uno dei tizi armati di fucile. Il lupo si avventò sulle gambe del ribelle, mentre lui cercava di tirarsi indietro quel tanto che bastava per prendere la mira. Aveva già sparato uno colpo: una striscia di sangue rosso vivo tingeva la pelliccia argentea di West dove un proiettile l'aveva colpito. Aveva mancato di poco la spina dorsale.

La rabbia mi acceco. Non potevo dar fuoco al ribelle senza bruciare anche il mio compagno, ma avevo anche denti e artigli.

Lo colpii alla testa con una zampata. In un istante, West gli si gettò addosso, puntandogli i denti alla gola. Spostò il fucile con un calcio, e io gli riversai sopra un getto di fiamme bianche, trasformandolo in un ammasso di metallo gorgogliante.

Un pensiero mi balenò in testa: durante l'attacco di sedici anni prima, la mamma avrebbe sistemato quei ribelli in un batter d'occhio se avesse potuto combattere così. Se non avesse dovuto proteggere tre figlie che ancora non si trasformavano del tutto.

Le persone che amavamo, quelle più deboli di noi — erano loro a renderci vulnerabili.

Il panico mi assalì. Kylie! Balzai oltre le scale,

cercandola. Cercando il leopardo delle nevi che era riuscito a farsi strada nella confusione.

Li trovai entrambi. Phillipe era faccia a faccia con Alice, ancora in forma umana, ma non per questo meno pericolosa. Lui le si scagliò addosso e lei gli conficcò il gomito nel cranio. Il colpo lo fece incespicare di lato. Kylie strillò. Allungò una mano incerta verso un quadro appeso proprio dietro di lei, lo sollevò dal gancio e lo scaraventò contro l'aggressore.

L'angolo della pesante cornice colpì Phillipe dritto in testa. Sparai una raffica di fiamme sul mutaforma, ma lui si scansò all'ultimo secondo. Il suo grido di dolore suggerì che almeno ero riuscita a ferirlo. Scappò via sotto le scale.

Con un ruggito, mi lanciai nel caos della lotta. I miei artigli abbatterono uno sciacallo qui, un orso lì, un intruso e un altro ancora. I felini non troppo feriti per continuare a combattere si strinsero attorno al numero sempre più esiguo di ribelli rimasti. Il che era un bene, perché la fatica di una trasformazione così lunga mi stava sfinendo, e il dolore era più intenso del solito. Era perché avevo invocato il mio drago troppo in fretta?

Pensai vagamente che avrei dovuto chiederlo ad Aaron, mentre scaraventavo un ultimo ribelle contro il muro. Per quanto mi sforzassi di resistere, i miei muscoli si stavano contraendo. Crollai sul pavimento. Le mie mani umane sbatterono a terra, le mie ginocchia si schiantarono sul legno lucido.

Trattenendo il fiato, mi spinsi in piedi. Il mio sguardo cadde su una figura accovacciata sotto le scale.

Phillipe. Il leopardo delle nevi se ne stava raggomitolato su se stesso. La zampa sinistra e la maggior parte della spalla erano bruciate. Digrignava i denti e ansimava per il dolore. Un flebile brivido di compassione mi sfiorò.

Era colpa sua se era stato versato tutto quel sangue. Perché? Solo perché così non avrebbe più dovuto stare agli ordini di qualcuno? O perché pensava di ottenere il rispetto dei ribelli?

Dannazione, non aveva importanza. L'unica cosa che importava era impedirgli di rifarlo ancora.

Avanzai verso di lui, rallentando man mano che mi avvicinavo. Phillipe ringhiò, ma era chiaro che non sarebbe stato in grado di attaccare.

Una mutaforma puma accorse al mio fianco. "Trascinalo fuori," le ordinai. "Dove tutti potranno vederlo."

Il leopardo delle nevi ringhiò, ma non poté fare altro che dimenarsi e piagnucolare mentre il puma lo afferrava per la collottola. Il felino più grande lo trascinò fuori, dove il sole di mezzogiorno filtrava dalle porte spalancate. Li seguii, serrando le mascelle.

Il puma lasciò andare Phillipe e fece un passo indietro. Incombetti su di lui, incrociando i suoi occhi giallo–verdi. Decine di felini nella stanza avevano lo sguardo fisso su di me. Ma c'era anche un'umana – Kylie – con la bocca spalancata e il viso ancora pallido.

Immaginare cosa stava pensando mi provocò una fitta di dolore nel petto. Ma non potevo lasciare che quelle preoccupazioni mi distraessero. Quello che stavo facendo lì era terribilmente più importante.

Perciò era meglio che lo facessi bene.

"Phillipe," esordii, alzando la voce. "Eri un membro

della famiglia, e hai tradito tutti coloro che avresti dovuto chiamare fratelli. Hai portato la distruzione nella tenuta del tuo alfa, nella tua comunità." Tesi il braccio per indicare l'intero atrio. "Ma ti darò una possibilità. Perché non sono qui per distruggere, se posso evitarlo. Troppe vite sono state distrutte dai ribelli e dai mutaforma come te. Ci aiuterai a sistemare le cose, adesso? O ti interessava solo provocare una strage?"

Phillipe si aggrappò alla sua forma felina con tutte le forze, riducendo gli occhi a due fessure. I muscoli dei suoi fianchi si irrigidirono. Mi preparai, percependo le sue intenzioni. Se era così che voleva concludere le cose, gliel'avrei lasciato fare davanti a tutti.

Balzò in avanti con un ultimo slancio di energia, con le fauci spalancate come se volesse divorarmi in un boccone.

La mia mano formicolò mentre trasformavo parzialmente le dita. Con il respiro acidulo del leopardo sul mio viso, conficcai gli artigli da drago nel suo collo, squarciandogli la gola.

21

Marco

Il traditore si accasciò ai piedi di Ren, con un fiotto di sangue che sgorgava sul suo petto. Lei indietreggiò, scuotendo la mano per ritirare i suoi artigli. Mentre il leopardo delle nevi si accartocciava su se stesso, tornando nella forma umana e rugosa di Phillipe, lei voltò la testa di scatto, incrociando il mio sguardo. Un'improvvisa preoccupazione balenò nei suoi occhi.

Perché? Perché aveva ucciso uno dei miei uomini? Che liberazione, togliersi di torno quell'escremento vivente. Era stata fottutamente gloriosa.

Abbandonai il mio corpo da giaguaro, ignorando tutti i dolori e le ferite che l'indomani sarebbero divenute cicatrici. Poi iniziai a battere le mani in un applauso.

In giro per la stanza, gli altri felini e gli alfa stavano gradualmente tornando umani. La maggior parte di loro si unì a me nell'esultanza. Ren si voltò per osservare la nostra reazione. All'inizio sembrò stupita, poi, sollevando il mento in un gesto che mi fece scoppiare il cuore d'affetto, l'accettò. Non era più una Principessa delle Fiamme, ormai. La donna davanti a me era in tutto e per tutto una regina.

Mi avvicinai a lei e la presi per mano. "Ha avuto quello che si meritava," dissi a bassa voce. "Sei stata fantastica, Ren."

Mi chinai per baciarla, e qualcuno tra la folla lanciò un fischio – esausto, sì, ma gioioso. Ormai tutti i miei simili dovevano sentire che il legame tra me e la mia compagna era stato suggellato. Che, dopo tutti quegli anni, la loro stessa passione poteva finalmente dargli dei figli. Ma non era l'unico motivo per festeggiare.

Ren ricambiò il bacio con veemenza, come se stesse facendo il pieno d'energia grazie all'incontro delle nostre labbra. Ero felicissimo di darle tutto ciò che le serviva. Mi sfiorò una guancia, trovando la ferita ancora aperta di un artiglio conficcato appena sotto il mio occhio. Le feci cenno di non preoccuparsi, scuotendo la testa. Sentivo a malapena dolore ora che ero accanto a lei.

Poi mi voltai verso i presenti, sollevando le nostre mani unite in un gesto di trionfo. "I ribelli e i traditori in mezzo a noi sono stati sconfitti. Questa è la sicurezza che un mutaforma drago può garantirci. Sta per iniziare una nuova era. Un'era in cui i mutaforma lavoreranno insieme contro i nemici, e vivranno e ameranno finalmente liberi dalla minaccia della violenza."

"Viva il mutaforma drago!" Qualcuno urlò in mezzo al pubblico – mi parve fosse Silvan.

"Viva il mutaforma drago!" Si unirono diverse voci. Alcune erano diffidenti, altri deboli, ma tutte mosse dalla commozione. Molti di loro si fecero avanti per porgere a Ren i propri rispetti, come se l'avessero appena conosciuta.

Meglio tardi che mai. Un sorriso s'insinuò sul mio volto mentre li guardavo chinare le teste e stringerle la mano, mormorando parole di gratitudine e incoraggiamento. Nessuno aveva mai assistito a una battaglia del genere nel nostro territorio. E nessuno aveva mai visto un drago battersi come Ren aveva appena fatto.

Perfino un gatto poteva apprezzare la forza che aveva dimostrato – e la sua pietà.

Il mio sguardo si spostò da lei a quelli che avevamo perso, nonostante il coraggio della mia compagna e i nostri migliori sforzi. Il marito di Coreen, Raoul, era stato colpito al petto da un proiettile fatale. Ma ribelli avevano inferto colpi mortali anche a qualcun altro. Un paio dei miei assistenti che si erano lanciati in soccorso erano caduti, senza più rialzarsi. E c'erano molti mutaforma vivi, ma così indeboliti dalle ferite da non riuscire a stare in piedi.

Altri miei uomini erano entrati nella sala solo adesso che le acque si erano calmate. Gli feci cenno di avvicinarsi. "Portate i feriti in infermeria, svelti. E dovremo organizzare un funerale per i deceduti." Mi fermai. Non per tutti. Phillipe aveva perso quel diritto, e i ribelli non se l'erano mai guadagnato. "Bruceremo anche i ribelli, ma altrove."

Annuirono e si affrettarono a seguire i miei ordini. Coreen era andata a inginocchiarsi accanto al marito. Con le spalle ricurve, posò una mano sulla sua fronte. "Vi aiuterò a occuparvi di lui," disse con voce roca agli assistenti che si erano avvicinati. Poi mi guardò negli occhi.

"Mi dispiace," le dissi.

La sua bocca si contorse. "Ha combattuto al meglio. Non ha mai saputo quando tirarsi indietro, non era nella sua natura." Guardò oltre la mia spalla, verso Ren, e poi di nuovo me. "Grazie," aggiunse. "Forse abbiamo vissuto troppo tempo senza un drago."

"Non ho la minima intenzione di perderla di nuovo," risposi. Riuscì a rivolgermi l'accenno di un sorriso.

Mi voltai e tornai da Ren. Era ancora circondata da qualche felino in adulazione. Teneva la schiena dritta e rispondeva a tutti affettuosamente, ma sapevo che era sfinita. La mia compagna aveva combattuto fin troppe battaglie in quelle ultime settimane.

La avvolsi con le braccia da dietro. Nonostante tutto il dolore delle mie ferite, la sensazione della sua pelle nuda sulla mia era paradisiaca. Le posai un bacio sulla spalla e sussurrai al suo orecchio: "Ti accompagno in camera? Avrai sicuramente bisogno di una lunga pausa dopo tutto questo."

Strinse le labbra in risposta. Si abbandonò al mio abbraccio per un istante, ma poi i suoi occhi percorsero l'intera sala fino alla sua amica umana.

"Penso di dover sbrigare ancora di un paio di cose prima di andare a riposarmi," rispose.

～

Ren

M'incamminai verso Kylie titubante, facendo attenzione a non avvicinarmi troppo. Era la prima volta che mi vedeva trasformarmi in drago, e tutto ciò che mi aveva vista fare era massacrare ribelli e ridurli in cenere. Oltre al fatto che avevo tagliato la gola a un tizio proprio di fronte a lei.

Aveva già avuto abbastanza problemi ad affrontare la violenza che aveva vissuto negli anni. E ora ne ero parte anch'io. Forse avrebbe voluto solo tornare a casa e non parlarmi mai più.

La mia migliore amica mi vide arrivare e si fece avanti per raggiungermi. Mi fermai, lasciando che fosse lei a scandire il passo. Con mia grande sorpresa, si precipitò verso di me e mi abbracciò, senza curarsi del fatto che ero nuda e un po' insanguinata.

"Oh mio Dio, Ren," esordì. "Ero così spaventata per te. Ma sei stata una vera dura! Porca miseria, quei farabutti non avevano idea di chi avessero di fronte, vero? Maledetti bastardi."

Ricambiai l'abbraccio con una risata esitante. "Avevi paura per *me*? Io ero terrorizzata che qualcuno di loro ti facesse del male."

"Oh, c'era la mia guardia del corpo aquila a coprirmi le spalle. Nessun problema. E ho messo a segno un paio di colpi anch'io." Un tremito le attraversò il corpo, ma inspirò e mantenne la voce ferma. "Dico sul serio. Sei stata incredibile."

Il mio cuore sembrò spezzarsi. Il mio respiro si fece quasi un singhiozzo. Kylie si tirò indietro per fissarmi. "Cosa c'è?"

"È solo che… Forse è stato stupido da parte mia, ma avevo così tanta paura che tutto questo… beh, che fosse troppo per te." Indicai i resti della battaglia intorno a noi. "Di solito non è così che vanno le cose nella comunità. Almeno, non da quello che mi hanno detto i ragazzi. Ma in questo momento è tutto così complicato. Non voglio essere costretta a combattere, ma devo farlo. Delle persone stanno morendo… Non dovresti avere a che fare con tutto questo."

"Ehi," disse con decisione la mia amica. Mi afferrò per le spalle finché non la guardai negli occhi. "Non sono obbligata. Ma lo voglio. Siamo amiche per sempre, ricordi? In quanti pasticci ci siamo cacciate quando eravamo a New York? Ma ne siamo sempre uscite. Forse le cose in cui sei invischiata ora sono un po' più spaventose, va bene. Forse ogni tanto mi toccherà mettermi da parte, ma non ti mollo, rimarrò al tuo fianco." Un sorriso si dipinse sul suo volto. "La mia migliore amica è un drago. Quante persone possono dirlo?"

Stavolta scoppiai in una risata sincera. "Sei la migliore, Kylie. Mi dispiace di averti tenuta fuori."

"Capisco perché lo hai fatto," rispose dolcemente. "Ma non farlo mai più, okay?"

Quando la lasciai andare, c'incamminammo verso l'estremità della stanza. Lo sguardo di Kylie cadde sulle macerie. "Quindi… non dobbiamo più preoccuparci che si presentino altri di questi idioti, giusto?"

"Credo di no. Da quello che sappiamo, questo era il loro ultimo tentativo disperato di farci fuori."

E li avevamo sconfitti. I ribelli erano ormai decimati,

almeno quelli che volevano la mia morte e quella degli alfa.

Le mie gambe vacillarono. Sarei andata a sbattere sul muro dietro di me, se una grande mano non mi avesse afferrata per il braccio.

"Ehi," disse Nate, chinandosi per baciarmi la tempia. "La trasformazione e il combattimento ti hanno messa a dura prova." Lanciò un'occhiata a Kylie. "Ti dispiace se te la rubo per farla riposare un po'?"

"Fa' pure," rispose Kylie agitando una mano. Mi scoccò un sorrisetto e un occhiolino mentre l'orso mi portava via.

Gli altri alfa stavano aspettando nel corridoio. "E il resto dei tuoi simili?" Domandai a Marco.

"Oh, sono perfettamente in grado di cavarsela da soli," rispose col solito tono languido. "Ho fatto un bel discorsetto e distribuito qualche ordine. Dovrebbe bastare per le prossime ore, almeno." Poi la sua espressione si fece più seria. "I funerali si terranno domani."

"E se saremo fortunati, non ce ne saranno più per molto tempo," rimarcò Aaron. Mi prese per mano mentre ci dirigevamo verso la mia suite.

Quando raggiungemmo la porta, i quattro ragazzi mi seguirono all'interno. Strisciai sul letto, con tutti loro intorno a me. La stanchezza di quella mattina mi stava già assalendo. Sbadigliai e appoggiai la testa sul cuscino, circondata dal loro calore, e in un attimo, mi addormentai.

~

Mi svegliai un po' intontita e dolorante, ma molto più in forma di prima, con un raggio di sole del tardo pomeriggio che filtrava dalla finestra. Mi stiracchiai sul letto e i miei compagni si mossero. Guardando verso il basso, feci una smorfia.

"Okay, credo proprio di dover fare un bagno prima di cena."

Marco scivolò giù dal letto ridacchiando. "Per quanto mi piacerebbe unirmi a te, credo sia meglio che vada a controllare i miei simili. Ma ci vediamo a cena… e anche *dopo*."

La malizia nel suo tono mi provocò un brivido di desiderio. Mi tirai su per salutarlo con un bacio. "Certo, 'anche dopo'."

Avevo già visto il bagno della suite. Come il letto, la vasca circolare era abbastanza grande per cinque. In quattro, ci avrebbe ospitato più che comodamente. Aprii il rubinetto e aspettai che l'acqua fuoriuscisse con un getto di vapore. Un pugno di sale marino per renderla piacevole e tonificante… e voilà, perfetto!

"Devo supporre che siamo tutti invitati?" Chiese Nate, entrando dopo di me.

"Più siamo, meglio è. Mi piace pensare a questo bagno come un grande pulsante di reset in questa visita. Addio, ribelli! Benvenuta, qualunque cosa facciate voi mutaforma di solito!"

"Hai un sacco di tempo per imparare tutto," disse Aaron. Mi strinse tra le braccia e mi stampò un bacio sulla spalla. "E non vedo l'ora di guidarti lungo il cammino."

"Mmm. Anch'io," risposi ondeggiando le sopracciglia con fare allusivo, strappandogli un sorriso.

Mentre entravo nell'acqua calda, West fece finalmente capolino dalla camera da letto. Ero già completamente immersa quando mi guardò, con gli altri alfa erano pronti a seguirmi. Scrollò le spalle. "Perché no?"

Beh, era il massimo dell'entusiasmo in cui potevo sperare dal mio lupo.

La carezza dell'acqua sulla pelle mi riportò alla mente il ricordo delle attività più piacevoli di quella mattina. Il mio piccolo interludio nel laghetto con Marco. Quanto era stato divertente giocare nell'acqua. Mi leccai le labbra, guardando i miei compagni. Poi un sentimento più profondo mi attanagliò il cuore.

Avrei potuto perdere uno di loro, quel giorno. Se il proiettile sbagliato li avesse colpiti, com'era successo al marito di Coreen… Solo il pensiero mi dilaniò.

Dovevano sapere quanto erano importanti per me.

Scivolai nell'acqua fino ad Aaron. Lui sorrise, allungando una mano per cingermi la guancia. Mi sistemai sulle sue ginocchia e mi chinai a baciarlo. L'altra sua mano si posò sulla mia vita, accarezzandomi il fianco con il pollice mentre le nostre bocche si univano perfettamente. Quando mi staccai da lui ero già tutta eccitata e dolorante. Ma mi tenni a una leggera distanza per fissarlo nei brillanti occhi blu.

"Ti amo," sussurrai, assaporando quelle parole come se un nettare d'adorazione mi fosse esploso sulla lingua.

Il volto di Aaron s'illuminò. Mi baciò di nuovo, stavolta più intensamente. Poi, con le labbra a pochi centimetri dalle mie, rispose: "Ti amo anch'io, Serenity. Ti amerò per sempre."

Mi spostai da lui a Nate. Il mutaforma orso mi accolse

tra le sue braccia, già sorridendo. Mi accoccolai nel suo abbraccio e lo baciai con passione. Volevo che sentisse esattamente quanto tenevo a lui. Il suo petto vibrò in un ringhio, le sue dita mi accarezzavano la schiena. Gli sfiorai il lato del viso e mi tirai indietro per guardare i suoi caldi occhi marroni.

"Ti amo."

"Ti amo anch'io," rispose. "Non dubitarne mai."

Gli sfiorai di nuovo le labbra con le mie, poi mi voltai. West mi osservava dall'altro lato della vasca. Il suo corpo era teso, ma i suoi occhi verde scuro sembravano più dolci del solito.

"Vieni qui, Scintilla," disse. "Tanto vale che mi prenda il mio bacio."

Pensava forse che non avrebbe avuto anche il resto? Beh, forse non ne ero sicura neanch'io. Era un po' difficile capire come mi sentivo, tra tutti i nostri tira e molla. Ma se mi stava offrendo un bacio, avrebbe fatto meglio a credere che me lo sarei preso.

Scivolai verso di lui, quasi aspettandomi che cambiasse idea. O che mi afferrasse e mi baciasse così intensamente da farmi girare la testa.

Si avvicinò a me, stringendomi delicatamente il polso per tirarmi un po' più vicino. Con l'altra mano mi accarezzò i capelli. Ci guardammo negli occhi per un lungo attimo, come se stesse cercando qualcosa nei miei. Poi la distanza tra noi si annullò del tutto.

La sua bocca reclamò la mia con una tenerezza a cui non potevo essere pronta. Le sue labbra schiusero le mie e, come per magia, mi persi completamente in lui. Mi persi nella dolce passione del suo abbraccio, nel profumo che indugiava sulla sua pelle – come se avesse portato con sé le foreste di casa sua.

Eccolo lì, l'uomo che sapevo poteva essere il mio compagno. Quello che avevo intravisto nei rari momenti in cui aveva abbassato la guardia.

La mia testa stava davvero *girando* quando lasciò le mie labbra. Lo fissai per un attimo, riprendendo fiato, con il corpo completamente in fiamme per la libidine e il più sincero desiderio. Feci un respiro profondo per dirgli quello che avevo detto agli altri – quello che ormai era innegabile – e la porta si spalancò sbattendo nell'altra stanza.

Non feci in tempo a voltarmi che Marco si precipitò da noi. Era accigliato, il suo sguardo colmo di preoccupazione.

"Alcuni dei ribelli sono scappati," affermò. "Non così tanti da doverci preoccupare di loro in quanto gruppo, ma i miei uomini dicono che sono diretti verso nord. Stanno raggiungendo un esercito di vampiri che ha appena occupato la mia proprietà di New York, e che adesso si sta muovendo da lì. Sembra che i ribelli abbiano più alleati di quanti pensassimo. E hanno appena scatenato una guerra paranormale su larga scala."

Sospirai, gettando la testa all'indietro sull'acqua. Tanti saluti al riposo. Ma la determinazione che avevo provato durante la battaglia non fece che rinsaldarsi dentro di me.

"E va bene," esclamai. "Non hanno idea di quello a cui vanno incontro quando si mettono contro un drago. È arrivato il momento di mostrare a *tutti* i nostri nemici che è una pessima idea, una volta per tutte."

L'AUTORE

Eva Chase, autrice di romanzi urban fantasy e paranormali, è tra le prime 100 scrittrici più vendute su Amazon. Magia, caos e pene d'amore sono stati il suo pane quotidiano fin da quando era piccola, e sono anche gli ingredienti segreti di tutte le sue storie. Con lei, però, non dovrai temere i triangoli amorosi: le eroine di Eva non devono mai scegliere. Scopri chi è visitando l'indirizzo www.evachase.com.